L'HOMME QUI NE VOULAIT PAS MOURIR

DU MÊME AUTEUR

Aux Éditions Viviane Hamy

L'ÂME AU DIABLE, roman, 2021

Les Belles Lettres

SAVOIR-VIVRE : CE N'EST PAS LA MORT !, 2019

ÇA MÉRITE UNE CORRECTION : OU COMMENT RATER SES EXAMENS EN 20 LEÇONS, 2016

FUYEZ LE GUIDE ! : L'ART EN PETITS MORCEAUX À L'USAGE DES MAUVAIS ESPRITS, 2014

YORAM LEKER

L'HOMME QUI NE VOULAIT PAS MOURIR

ÉDITIONS VIVIANE HAMY

D'après une conception graphique de Pierre Dusser
Couverture : © Safia Nasri
ISBN : 978-2-3814-0222-2

À Hélène

Les vérités ne sont pas toutes habitables.
Souvent, il n'y a pas de chauffage
et on y crève de froid.

Romain Gary, *Clair de femme*

I

C'est décidé, je ne mourrai pas ! Trop contraignant… Trop d'incertitudes.

Aujourd'hui, j'ai fait le trajet de Paris à Valenciennes pour assister à l'enterrement de mon oncle. Je l'ai à peine connu, mais c'était l'enterrement de trop. Maintenant, j'en suis convaincu, mourir n'a aucun sens.

Entre la résurrection, le paradis, la réincarnation, le néant, allez savoir ce qui vous attend.

J'ai d'abord essayé de me faire une raison. Après tout, c'est le sort commun, l'essence de la condition humaine. Il faut se résoudre à cette inacceptable règle du jeu.

Eh bien c'est fini, je ne joue plus !

La mort, tu parles d'une perspective ! Une douce agonie sous perfusion à l'hôpital du coin avec infirmières et bonbonnes d'oxygène… Une attaque cérébrale à la sortie d'un sex-shop ou d'une partie de squash ? Une noyade, pourquoi pas en groupe, façon *Titanic* ? Mon oncle, c'est une fausse route au bonbon de caramel mou qui l'a emporté. On a l'embarras du choix. Le mien est fait, ce ne sera rien de tout cela. J'ai exploré toutes les possibilités. Aucune ne me convient. Et la « belle » mort, me direz-vous, celle dont tout le monde rêve, hein ? Celle qui vous surprend au milieu de votre sommeil ?

Je n'aime pas les surprises.

J'ai retourné la question dans tous les sens et le plus sûr, croyez-moi, c'est de ne pas mourir.

Il reste à trouver le moyen de résister, mais comment ? Un appel solennel, du genre 18 Juin : « Ici Max Durant qui vous parle de Lourdes. J'invite les chercheurs, les biologistes, les chirurgiens, les citoyens de tous bords à me rejoindre. Refusez la fatalité, elle n'est pas inéluctable » ? Pas certain que ça marche.

Pourtant, c'est en mobilisant les scientifiques que nous mettrons les meilleures chances de notre côté. Non pas que j'aie quelque chose contre les religions, bien au contraire. Cette affaire de résurrection de Jésus, par exemple, est parfaitement crédible. D'ailleurs, ce ne sont pas les témoins qui manquent : Marie-Madeleine, les apôtres et surtout Thomas. S'il y en a un auquel on peut faire confiance, c'est bien lui. Il n'était pas du genre hystérique de masse, Thomas. Le problème, c'est que, depuis cette histoire, Jésus, on ne l'a pas revu, il faut bien dire les choses telles qu'elles sont. Une promenade d'une quarantaine de jours avec quelques apparitions ici et là et puis *pschitt*, plus rien ! Pas très rassurant… Alors quand je les écoute chanter, tous en chœur, « Le Christ est ressuscité, vraiment ressuscité », je ne peux m'empêcher de penser, en canon, qu'il s'est aussi vraiment volatilisé.

Et je ne parle pas des juifs et des musulmans qui promettent la résurrection sans se donner la peine de fournir les preuves. Les chrétiens vous convoquent une cohorte de témoins, eh bien eux, non ! Faut les croire sur parole ! « Mourez tranquille, on s'occupe des restes. »

Ce n'est pas faute d'avoir cherché à me persuader de l'existence d'une vie après la mort. Je me suis farci trois années de faculté de théologie à Lyon. J'ai eu droit aux cours d'ecclésiologie, à des travaux dirigés de sacrements de l'initiation chrétienne et d'exégèse biblique. À la fin, j'ai décroché une licence canonique, c'est comme ça que ça s'appelle, je peux vous la montrer si vous ne me croyez pas, elle est reconnue par le Saint-Siège. J'aurais pu faire curé, si j'avais voulu.

J'ai quitté Lyon et je suis retourné à Paris, où j'avais décroché une équivalence pour entrer en master de droit. Ma vie sociale s'est d'abord limitée aux visites à mes parents, au cimetière de Pantin. Je leur en ai toujours voulu de m'avoir abandonné si tôt dans l'existence. Je les tenais pour responsables de tous mes malheurs et déversais mon amertume sur leur pierre tombale qui me renvoyait cette unique et révoltante inscription :

Pierre Durant, 1948-1994
Marie Pelletier-Durant, 1950-1994
RIP

RIP pour *requiescant in pace*, en français « qu'ils reposent en paix ». Je ne sais pas qui a eu l'idée d'une épitaphe aussi stupide. Cette béatitude que l'on promet à nos morts, je ne la souhaiterais pas à mon pire ennemi ! Le repos et la paix éternels ? Mais qui voudrait d'un truc pareil ? C'est comme le requiem avec sa lumière perpétuelle, je vous laisse imaginer le tableau. Voilà ce qu'on leur réserve à nos cadavres, avec chœurs et grandes orgues. Et pas moyen d'éteindre ! À la Cour européenne des droits de l'homme, on appelle ça de la torture.

À propos de torture, il est temps que je vous parle de l'accident qui a marqué ma vie. J'avais à peine 12 ans quand c'est arrivé. Je n'ai plus la moindre idée de ce qui l'a causé, sur ce point c'est le trou noir. Pas tellement mieux que la lumière perpétuelle. Je me souviens seulement d'avoir été éjecté par la portière et de m'être retrouvé les quatre fers en l'air, au milieu d'un champ de maïs. Le choc avait été sec et violent. La voiture a fait plusieurs tonneaux avant de prendre feu à quelques mètres de moi. Je ne sais plus combien de temps il a fallu aux pompiers pour arriver sur place. En tout cas il faisait froid cet après-midi-là en bordure de la route de Valenciennes et l'attente fut longue. J'ai tout de suite compris que je ne reverrais plus mes parents. Le fracas de la sortie de route a laissé place à un silence de mort. L'expression prend tout son sens en la circonstance. C'est un silence très particulier, d'une intensité qui le préfigure bien, le repos éternel. Au point que je me suis cru aussi mort qu'eux. Je n'ai même pas essayé de crier, tellement il n'y avait plus rien à espérer. J'avais échoué sur ces plants de maïs, groggy mais conscient. Ça vous paraîtra idiot, mais la seule pensée qui m'a obsédé en attendant les secours a été de me retenir de pisser. Dans la position où je me trouvais, j'étais incapable de défaire mon pantalon, et l'idée qu'on me découvre pataugeant dans mon urine me préoccupait au-delà de tout le reste. Voilà à quoi j'ai pensé pendant que mes deux parents agonisaient à quelques mètres de moi. À ma culotte ! À quoi bon appeler à l'aide ? La simple éventualité d'un futur était devenue impensable. Ce sont les gyrophares des pompiers qui m'ont inspiré l'idée que j'étais peut-être encore en vie. L'un d'eux s'est accroupi devant moi et m'a posé une batterie de questions idiotes. Combien avais-je de doigts ? Quelle était la couleur de son casque ? Quel était le nom du conducteur du véhicule ? Je me suis entendu fournir les bonnes réponses, après quoi ils m'ont évacué sur un brancard.

À l'hôpital, quelques jours plus tard, cet oncle que je viens d'enterrer est venu me chercher. Je ne l'avais jamais vu auparavant, j'ignorais jusqu'à son existence. Je pense qu'il s'agissait d'un demi-frère de ma mère avec lequel elle s'était plus ou moins fâchée. Une histoire dont je n'ai jamais su le fin mot. Toujours est-il qu'il n'avait rien à faire d'un enfant. Lui-même était célibataire, il devait se débarrasser au plus vite de ce fil à la patte qu'il n'était pas disposé à accepter en héritage. On m'a placé dans un foyer d'enfants géré par une association catholique, rue

La Fontaine, dans le 16e arrondissement de Paris. À l'orphelinat, ça ne rigolait pas tous les jours. On était une douzaine d'adolescents et je me souviens en particulier de deux d'entre eux qui se montraient quelquefois violents. Heureusement, l'accident m'avait laissé une cicatrice de trois bons centimètres au-dessus du sourcil, que j'attribuai à un combat de boxe, histoire de passer pour un dur. Ce mensonge les avait découragés de s'en prendre à moi. Associée à mon air ténébreux, cette marque me donne aujourd'hui encore, paraît-il, un petit look de bad boy. C'est drôle car ce n'est pas du tout l'image que je me fais de moi-même. Je déteste la bagarre, ce qui est bien le moins pour un type qui aspire à la vie éternelle.

L'enseignement janséniste que l'on m'a dispensé chez les Orphelins d'Auteuil ne m'a pas permis d'atteindre l'état d'humilité devant Dieu auquel aspirent les adeptes de ce mouvement. Leur idole était Blaise Pascal, dont la statue trônait dans le jardin, avec citations à l'appui un peu partout sur les murs de l'orphelinat. Je me souviens de celle du réfectoire qui pontifiait, en lettres dorées : « Il n'y a de bien en cette vie que l'espérance d'une autre vie. » Si c'est vraiment tout ce qu'il y a de bien dans cette vie, pourquoi ne pas passer tout de suite à la suivante ? Le jour où j'ai posé cette question au père Mathieu, notre conseiller d'éducation, j'ai eu droit à cinq heures de colle. Une chose est sûre, cette fameuse autre vie, personne ne semblait pressé de s'y rendre.

Mais je m'égare. Ce que j'essaie de vous dire depuis tout à l'heure, c'est que, même avec la meilleure volonté du monde, l'au-delà, j'y crois pas.

Je ne remets pas en cause Pascal et son pari. Il avait raison. Les avantages à croire en Dieu sont indéniables, surtout en des temps où sévissait encore la Sainte Inquisition. Mais n'étant pas d'un naturel très joueur, je ne spéculerais pas sur une hypothèse aussi improbable. D'autant que la mise de départ est lourde et qu'il n'y a pas moyen de la jouer petits bras ; ce pari-là, c'est banco ou rien ! Alors avant de se livrer corps et biens sur le tapis vert, le minimum de prudence c'est de s'assurer de la valeur de ses cartes. Et de ce point de vue, les textes religieux sont d'un piètre secours, quel que soit le sens dans lequel on les retourne.

D'abord, cette fameuse vie après la mort qu'ils nous promettent, c'est quoi comme genre de vie ? Il semble qu'il faille se préparer à une expérience qui tranche pour le moins avec la précédente. À commencer par le corps, qui n'a pas l'air d'y occuper une place significative. Il est vrai qu'il suffit de jeter un coup d'œil sur un cadavre pour nourrir quelques soupçons. Même les croyants se font incinérer de nos jours. Une mode tellement suivie que l'Église a pondu son fameux décret du Saint-Office qui autorise la crémation « si celle-ci ne manifeste pas une mise en cause de la foi dans la résurrection des corps » ! (Le point d'exclamation n'est pas dans le décret mais de ma main.) En guise de dernières volontés, ça doit donner un truc du genre : « Je demande à être réduit en cendres et dispersé dans l'océan mais je précise que ma foi dans la résurrection de mon corps reste, elle, parfaitement intacte ! » Croix de bois, croix de fer, si je mens je vais en enfer ?

— Et alors ? me rétorquerait le saint officiant, tout cela est secondaire puisqu'il reste l'essentiel : l'âme.

L'âme ? Je me précipite sur mon dictionnaire : « Principe vital, immanent ou transcendant, de toute entité douée de vie, pour autant que ce principe puisse être distingué de la vie elle-même. »

Voilà donc ce qui me survivrait ? Un principe improbable et métempirique ?

Merde ! J'y tiens, à mon corps, moi. Ce n'est pas qu'il soit si extraordinaire, mais de là à m'en débarrasser comme d'un vulgaire carton d'emballage, je ne suis pas d'accord.

Et d'ailleurs, vous savez quoi ? Supposons un instant que j'aie une âme. Supposons même qu'elle pèse 21 grammes comme pensait l'avoir démontré Duncan MacDougall, le médecin illuminé qui mettait ses patients sur une balance à l'instant précis où ils la rendaient. À l'en croire, c'est standard, une âme. Le même poids au gramme près qu'on soit gros ou maigre, gentil ou méchant, stupide ou génial. Mais admettons…

Qu'en dit la religion catholique, la plus sympa des trois religions monothéistes ? Elle proclame que l'âme s'unira au corps lors de la résurrection finale.

En attendant ce jour, elle se trouve consignée au paradis ou en enfer jusqu'au Jugement dernier.

Le Jugement dernier ! Ça fait plus de deux mille ans qu'on nous le sert et toujours pas la moindre décision de rendue. Excusez-moi mais je suis avocat, alors les problèmes d'encombrement des tribunaux, je connais. Enfin là, tout de même, ils exagèrent. Le moins que l'on puisse dire, c'est que ce tribunal divin n'est pas très actif... Avec tous les dossiers qui s'accumulent, on n'a toujours pas vu la couleur du premier de leur Jugement dernier ! À cette allure, on comprend que l'éternité ne soit pas de trop, s'ils veulent rendre leurs décisions dans les temps.

Je me demande si je réussirai le coup de la résistance organisée. Je n'ai pas la trempe d'un de Gaulle, encore moins celle d'un Jean Moulin. Si je parviens à sauver ma peau, avec tout son contenu et en état de marche, ce sera déjà bien.

Et pas question de se laisser momifier, congeler, expédier dans l'espace ou je ne sais quelle autre solution en vogue. Moi, Max Durant, je ne meurs pas, c'est tout !

II

L'enterrement fut sinistre. Ce n'est pas que je me sois attendu à un moment joyeux, mais la morosité aussi devrait avoir des limites. Mon oncle a eu droit à une messe débitée sur un ton monocorde avant que la maigre assistance ne se transporte au cimetière voisin pour l'inhumation. Personne ne m'a approché, ne serait-ce que pour me demander qui j'étais. Je suis reparti sous une pluie battante vers la gare de Valenciennes, sans rien savoir de plus au sujet du défunt. Et me voici maintenant dans le train de retour d'où j'aperçois la route sur laquelle s'est joué mon destin.

Dans *Les Choses de la vie*, Michel Piccoli est victime d'un grave accident de voiture. Gisant dans l'herbe, il voit défiler son passé dans les plus infimes détails et dans l'ordre, s'il vous plaît. Je n'ai rien contre Claude Sautet, c'était un grand réalisateur, mais pardon, je ne pense pas qu'il ait jamais été victime d'un accident de la route.

Moi, je n'ai vu défiler personne, à part quelques badauds suivis par une cohorte de pompiers survoltés.

J'ai vu aussi les chalumeaux en action pendant les longues manœuvres de désincarcération et pour finir les deux civières transportant mes parents enveloppés dans une couverture de survie. Ça me fait penser qu'on doit mourir plus fréquemment sous une couverture de survie que sous une bonne vieille couverture de laine.

Alors d'accord, je n'avais que 12 ans et pas encore une longue expérience de la vie à partager. Il n'empêche que j'avais tout de même un passé et je vous assure que je ne l'ai pas vu défiler.

Un autre truc qui m'énerve dans le film, c'est que Piccoli se remémore tous les personnages de sa vie avec une précision surprenante. Dans toutes les scènes qu'il revit en songe, il se revoit lui et ses femmes comme vous vous verriez dans un miroir. Dans la vraie mort, les survivants ne s'en sortent pas comme ça. À l'époque, mon passé, pour l'essentiel, c'était ma mère. Pourtant, quelques heures après l'accident, son image était déjà confuse. Impossible de me la représenter distinctement. Ce que je peux en dire, c'est qu'elle était belle. Elle avait les yeux bleus, mais d'un bleu chaleureux qui rendait son regard bienveillant. Avec ses cheveux bruns et sa coupe au carré façon Louise Brooks, elle avait cet air à la fois rétro et joyeux d'une danseuse de charleston. Mais je serais incapable de tracer avec précision les contours de son visage. Bien sûr, il me reste quelques réminiscences. Comme le souvenir de ses mains empressées dans lesquelles je vomis, du fond de mon lit, entre deux quintes de toux. De cette partie de ping-pong qu'elle fait exprès de perdre au cours de vacances passées au bord du lac d'Annecy. Ou encore de la brûlure qu'elle se fait en allumant les bougies de mon gâteau d'anniversaire, je pense qu'il y en avait six, et du sourire qu'elle conserve malgré la douleur, pour ne pas gâcher la fête.

Vingt-huit ans après sa disparition, je me rends compte avec amertume que ce n'est plus de ma mère mais de mes souvenirs que je me souviens. Et ce ne sont pas les photos défraîchies ni les quelques vidéos de vacances qui y changeront quelque chose. Au contraire, elles ne font que contribuer à altérer ma mémoire directe. Un truc qui s'est totalement effacé pour le coup, c'est son rire. Je n'en ai plus le moindre écho. Pourtant, elle riait souvent. Sa voix aussi a disparu, une voix mélodieuse et enjouée, mais aussi loin que je la cherche, je ne la perçois plus.

Il y a un moment qui me revient malgré tout avec la même précision que Piccoli et son défilé de personnages. C'est ce jour où je suis allé la voir, mon cahier de conjugaisons à la main. Elle était debout derrière le bar de la cuisine, son tablier « La reine de la cuisine » noué autour du cou. Elle lisait une recette en prévision du dîner qu'elle préparait pour fêter l'anniversaire de mon père. Je lui ai tendu mon cahier et c'est là qu'elle m'a dit : « Mon pauvre Maxou, comment feras-tu pour te débrouiller sans moi quand je serai morte ? » Je lui avais juste demandé de relire mon devoir, une procédure courante et sans charge émotionnelle particulière, que nous pratiquions depuis mon entrée en CP. Et voilà que la perspective de sa mort a surgi, comme ça, sans prévenir.

Comment ferais-je sans elle ? La question ne m'avait jusqu'alors jamais effleuré. À 9 ans à peine, un gouffre venait de s'ouvrir sous mes pieds. Ma mère allait mourir. Cette certitude m'a pris de court. Le monde s'est désagrégé, et avec lui toute perspective de bonheur. J'ai pleuré comme si elle venait de m'annoncer sa mort pour de vrai. Sans que je puisse l'expliquer, ce qui n'était encore qu'une éventualité était devenu suffisamment tangible pour avoir force de présent.

À une journaliste qui lui demandait le jour de la remise de sa Victoire de la musique s'il était heureux, Serge Gainsbourg, 62 ans à l'époque, a répondu du tac au tac : « Comment voulez-vous que je sois heureux, je suis orphelin ! » Eh bien moi aussi je savais déjà, comme Gainsbourg, que sans mère la vie perdait sa saveur.

Elle avait beau me serrer dans ses bras, me couvrir de baisers, j'étais inconsolable. Alors elle est revenue sur sa déclaration. Elle avait dit ça pour rire. Elle n'avait aucune intention de mourir, je pouvais dormir tranquille, elle serait toujours à mes côtés. Au bout d'un long moment la panique s'est estompée. Je n'étais plus que désespéré. Ma mère a failli annuler la fête d'anniversaire mais il était trop tard, les invités sont arrivés. Elle s'est excusée d'avoir brûlé le dîner que, par ma faute, elle n'avait pas préparé. Elle s'est fait livrer un repas de substitution commandé à la va-vite chez un traiteur et l'incident fut clos.

Pas tout à fait, car depuis, je ne cessais de la tester. Je lui demandais comment elle comptait s'y prendre pour ne pas mourir et elle me répondait avec tout le sérieux dont elle était capable. Je devais lui faire confiance, elle trouverait un moyen. Lorsque j'insistais pour savoir lequel, elle prétendait que c'était un secret et très vite elle passait à un autre sujet.

Un jour mon père, surprenant notre échange, lui a dit sur un ton de reproche : « Quand vas-tu arrêter de lui rentrer des idées loufoques dans la tête ? » Cette intrusion m'a mis en rage. C'était une affaire entre maman et moi. Une promesse trop fragile pour qu'un tiers, fût-ce mon propre père, se permette de s'y immiscer. J'ai défendu ma mère bec et ongles du haut de mes 9 ans. Le loufoque, c'était lui. S'il voulait mourir, il n'avait qu'à le faire sans nous. Il s'est fâché. J'ai été privé de sortie. C'était une partie de minigolf au parc floral de Vincennes, je m'en fichais pas mal. Ce qui m'a anéanti, ce fut de surprendre maman lui murmurer à l'oreille : « Arrête, Pierre, ce n'est qu'un enfant. »

Le monde s'est écroulé à nouveau. C'est un peu moins douloureux que la première fois parce qu'on a eu le temps de s'acclimater aux ruines. Mais tout de même, ça fait encore très mal.

Ma mère m'avait donc menti, elle comptait mourir en cachette. C'est comme ça qu'on traite les enfants : on leur ment. Avez-vous remarqué que lorsqu'un adulte croise un enfant qu'il ne connaît pas, ça peut être dans la rue ou dans le métro, il lui sourit ? Vous êtes-vous jamais demandé pourquoi ?

Eh bien, c'est sa façon de lui demander pardon. « Désolé, petit, pour ce qu'on t'a fait et bon courage pour la suite ! » D'ailleurs, à l'autre bout de la poussette, le père ou la mère répondent à l'inconnu par un sourire complice. Ils savent de quoi ils parlent. L'important, c'est de faire croire au gosse que tout va bien. Faut surtout pas qu'il sache dans quelle galère on est. Alors on lui sourit, même si on vient de se faire virer de son boulot ou d'apprendre la mort de son meilleur copain. C'est comme tous ces Pères Noël qu'on exhibe dès la mi-novembre devant les portes des grands magasins. Ils appellent ça « la magie de Noël ». La télé, les affiches, même les gens n'ont que ce mot à la bouche. Tu parles de magie ! Un gros mensonge organisé, oui. Ils collent leurs enfants sur les genoux d'un vieillard à la barbe en coton en leur expliquant avec ravissement qu'il est descendu du ciel en traîneau leur apporter des cadeaux. En réponse, les plus lucides se mettent à pleurer. Quelques années plus tard, ils découvrent que le Père Noël n'existe pas et les adultes cessent de leur sourire. Je connais la chanson. Mes parents m'ont fait le coup, puis ils sont morts autour de la quarantaine dans un accident de voiture. On partait justement fêter Noël chez mes grands-parents, à Valenciennes… Eux non plus ne s'en sont pas remis.

Merci, Père Noël !

III

De retour à mon cabinet, j'aperçois à travers la fenêtre la cour de l'Ehpad qui jouxte mon bâtiment. Je me demande quel âge peut bien avoir la vieille dame assise sur le banc ensoleillé. Peut-être 100 ans. Se pose-t-elle la question du temps qui lui reste à vivre ? A-t-elle entendu parler de Jeanne Calment et de Shigechiyo Izumi ? Ce sont les seuls vieillards à avoir officiellement dépassé les 120 ans. C'est ce qui se fait de mieux en la matière, et encore, il ne faut pas être trop regardant sur la matière… Mais on n'avait affaire qu'à deux tacticiens : ni l'un ni l'autre n'aspiraient réellement à l'éternité. Les grands vieillards, ceux qu'on appelle les super-centenaires, ne sont que des amateurs. Ils ont su manger peu et bien, entretenir leur condition physique et surtout avoir de la chance – à supposer que l'on puisse parler de chance lorsqu'on évoque des troubles aussi anodins que la surdité, la cécité, l'impuissance, la perte de mobilité, l'incontinence, sans parler de tous les désagréments encore inimaginables au stade où j'en suis. Allez donc demander à un gamin de 6 ans de se représenter les conséquences d'une ablation de la prostate !

Nos deux décadodécagénaires n'avaient pas de plan concerté, ce qui revient à courir le marathon sans entraînement préalable. Le premier adepte de la discipline ne s'en est pas remis, à ce que l'on dit.

Non. La survie est une activité aussi exigeante que le sport de haut niveau. Elle requiert un minimum de professionnalisme. Ce qu'il convient de privilégier dans une telle affaire, c'est le plan. Et il est simple, il tient même en trois mots : ne pas mourir. Un programme qu'il est indispensable d'ériger au rang de finalité suprême de mon existence.

Et attention, il ne s'agit pas d'une immortalité de pacotille, à base de gloire ou de descendance. Vous connaissez quelqu'un, vous, dans votre entourage, qui soit capable d'évoquer la vie de ses arrière-grands-parents ne serait-ce que dans les grandes lignes ? Moi, c'est à peine si je connais le nom de trois des miens. Il y a bien eu un certain Jules, photographié en dessous affriolants dans le bois de Vincennes. Il y posait en compagnie de deux autres travelos aussi dévêtus que lui. Les trois photos jaunies découvertes après sa mort ont fait jaser si fort qu'il en reste quelques échos aujourd'hui. Et encore, ça se limite au cercle familial. Tu parles d'un fait de gloire ! Est-ce que cela a ressuscité de quelque manière ce pauvre Jules ? Non, bien sûr. Même sa jarretière a disparu.

Plus près de moi, prenez mes parents. Qu'auront-ils laissé à la postérité ? Un entrefilet à la rubrique des faits divers dans *La Voix du Nord* du 23 décembre 1994, dont un exemplaire croupira dans les archives de la presse de la BNF. Dans quelque deux cents ans, un doctorant en histoire de l'accidentologie du XXe siècle l'exhumera pour en faire état à la sous-section « Du danger de l'usage du téléphone portable au volant » de sa thèse : *La Défaillance du freinage en tant que cause sous-jacente de la mortalité routière sur les routes du nord de la France dans les années 1990.* Voilà ce qui restera de ma mère. Une ligne perdue au milieu d'une dizaine de milliers d'autres d'un mémoire rébarbatif pourrissant dans le tréfonds d'une bibliothèque. Quelle injustice ! Elle était la douceur et l'intelligence incarnées, et rien, pas même une note en bas de page, n'en témoignera. Qui saura qu'elle était titulaire d'un doctorat en sociologie ? Elle avait même décroché un poste de maître de conférences en psychosociologie à l'université de Paris III où elle était adulée de ses élèves. L'une d'elles m'a écrit, des années après sa mort. Je me demande comment elle a fait pour me trouver. Elle voulait me témoigner son admiration pour « Mme Pelletier » dont elle venait seulement d'apprendre la disparition. Ma mère l'avait repêchée au cours d'un oral de sociologie des inégalités en l'invitant à tirer un autre sujet, tellement elle avait perdu toute contenance sur le précédent. Elle était devenue à son tour enseignante à l'université, sans avoir jamais eu l'occasion de l'en remercier. Encore une histoire à jamais engloutie dans l'oubli.

Quant aux grands de ce monde, ils n'en sont plus. Ça lui fait un beau fémur, à Homère, d'être encore cité vingt-huit siècles après l'*Illiade* ! Pire que ça, Achille lui a piqué sa place. Qui se souvient encore que ce pauvre Homère était aveugle ? Alors qu'à la faveur du handicap saugrenu dont il l'a affublé, son demi-dieu se retrouve accroché aux murs de tous les grands musées du monde, quand il ne s'y pavane pas, statufié. Ajoutez à cela la place qu'Achille occupe dans la bande dessinée, le cinéma ou l'opérette, et je vous laisse juge de la relégation subie par son auteur. Il y a de quoi l'avoir mauvaise, vous ne trouvez pas ?

Prenez la Bible, le bouquin le plus vendu au monde. Personne n'est capable d'en citer l'auteur. Et sinon, vous connaissez Johnston McCulley ? Alors lui, c'est son Zorro qui l'a englouti. Créer pour perdurer, ça aussi c'est du pipeau.

Régner ? C'est pas mieux. Que reste-t-il de Toutankhamon, mort il y a trois mille trois cent cinquante ans ? Une momie et un tombeau aux alentours de Thèbes. D'ailleurs, Thèbes ne s'appelle plus Thèbes, mais Louxor. C'est dire… Prenez Attila, surnommé le fléau de Dieu, dont l'empire s'étendait de la mer Caspienne jusqu'aux Alpes. Il serait mort pendant sa nuit de noces d'un saignement de nez, et les esclaves qui l'ont enterré auraient été tués pour que l'on ne retrouve jamais sa tombe. Difficile à croire… Quant à l'herbe sur laquelle son cheval est passé, elle a largement repoussé depuis.

Non, non ! Je parle bel et bien d'une immortalité réelle, définitive. Pour ce qui est des moyens, on verra plus tard. Les armes tactiques, l'infanterie du survivant, sont déjà à notre disposition. Les magazines de tout poil nous les ressassent *ad nauseam*. Les « mangez ceci », « buvez cela », « bougez comme ci », « faites l'amour comme ça » sont en vente libre chez votre marchand de journaux habituel.

Les armes stratégiques et techniques en revanche restent à développer. Il y a bien quelques pistes comme la régénération des cellules à partir des cellules souches, les transplantations d'organes et les manipulations génétiques, mais avec leurs cacochymes comités d'éthique et leurs essais pusillanimes, on est loin de la bombe atomique ! Pas moyen d'espérer des résultats avant plusieurs générations.

Alors comment faire ? C'est toute la question.

À l'époque où j'étais jeune collaborateur, avant de monter mon propre cabinet d'avocat, j'ai assisté mon patron dans quelques dossiers de contentieux médical. Il m'a parlé du fameux procès des hormones de croissance, l'une des premières grosses affaires en ce domaine. Vingt-cinq années de procédure, depuis les mises en examen pour empoisonnement jusqu'à la relaxe générale prononcée par la cour d'appel. Juste après, il a eu droit à l'affaire du sang contaminé.

Dans les années qui viennent, c'est la politique menée face au coronavirus que l'on jugera. Ils mettront en cause des chercheurs ou des responsables de la politique sanitaire qui risqueront gros. Pas étonnant que l'abstention constitue le réflexe des pouvoirs publics en matière de recherche médicale.

Dès qu'ils bougent le petit doigt, ils se retrouvent devant un tribunal.

Pour parer les coups, ils ont instauré le principe de précaution en 1992. Sa fonction : « prévenir des risques hypothétiques non encore confirmés scientifiquement, mais dont la possibilité peut être identifiée à partir de connaissances empiriques ou scientifiques ». C'est la définition alambiquée qu'ils ont pondue lors du sommet des Nations unies à Rio. En l'état de la science, que je sache, la mort n'est pas un risque hypothétique mais une certitude catégorique.

Alors qu'ils se tuent, s'ils le veulent, à travailler à l'immortalité des générations futures. Après tout, si d'éternel ils n'aspirent qu'au repos, grand bien leur fasse. Inutile en tout cas de compter sur eux pour s'occuper de nous. Il va falloir prendre les choses en main, sous peine de crever comme tout le monde.

IV

Ce soir en arrivant à la maison, je trouve Marianne, nue sur le palier. Je craignais une récidive, mais pas de cette ampleur et pas devant ma porte. Cette fois, elle pousse le bouchon un peu loin.

Au moment précis où je m'apprête à l'engueuler, j'entends la clé dans la serrure du voisin du dessus. Il s'engage dans l'escalier, on voit déjà le bas de son pantalon. Marianne, en un éclair, a enfilé sa robe de chambre qu'elle avait laissée accrochée sur la rampe. Le voisin passe devant nous sans sourciller, nous balance un « bonjour » de circonstance et poursuit son chemin sans se douter que Marianne a déjà laissé retomber son peignoir. Elle est maintenant à genoux, en train de me déshabiller avec autorité. À la vue de ce qu'elle brandit, un sermon serait déplacé. Je me prépare à plaider l'inconvenance, au lieu de quoi je me trouve en train de la baiser sans le vouloir. Elle exulte si bruyamment que je la bâillonne à l'aide de la manche de ma veste. La minuterie se rallume. Je n'avais même pas remarqué qu'elle s'était éteinte.

Marianne se retire promptement. J'ai à peine remonté mon pantalon quand la voisine du cinquième, une dame très BCBG, fait son apparition dans la cage d'escalier. Je fais semblant d'ouvrir la porte de notre appartement en cachant ce que je peux de ma partenaire à moitié nue. La voisine BCBG poursuit en accélérant son ascension sans dire un mot. Marianne m'attire vers la première marche de l'escalier, en contrebas. Elle utilise la rampe comme un promontoire sur lequel elle a posé sa cuisse.

— Finis-moi, me chuchote-t-elle à l'oreille.

J'essaie de la finir, mais cet impératif, lié à l'urgence de la situation et à son inconfort, me coupe dans mon élan. Comme elle n'est pas le genre de femme à s'avouer vaincue, elle m'entraîne à l'intérieur de l'appartement. Elle ouvre les deux battants de la fenêtre du salon, prend appui sur le rebord, toujours entièrement nue.

— Tu es à l'abri maintenant, me lance-t-elle, on ne voit plus que moi.

Nous sommes au troisième étage, sans vis-à-vis. Bien que collé à elle, je suis en effet invisible. On ne peut pas en dire autant sur son compte. Elle s'est dressée sur la pointe des pieds pour se pencher au-dehors, aussi loin que possible. Accoudée à l'appui de la fenêtre, ses seins pointant dangereusement en direction de la rue, elle offre une vue imprenable au premier passant que traverserait l'idée de lever la tête. Par chance, les rues de ce quartier cossu de Paris ne comptent que des hommes d'affaires bien trop affairés pour se détacher de leur téléphone portable.

Quant aux quelques vieux qui promènent leur toutou, c'est leur arthrose cervicale qui nous fait office de cache-sexe. Marianne se tortille en tous sens et je récupère un peu de ma virilité. Je crois percevoir dans ses gémissements tout le dépit que lui inspirent mes trop visibles efforts pour la satisfaire. Elle parvient enfin à un léger spasme que l'on pourrait avec complaisance qualifier de paroxysme et elle fait mine de s'en contenter. « C'était bien », me glisse-t-elle avec indulgence, sur un ton qui contredit pourtant son propos.

Je fais semblant de ne pas relever. Il y a chez Marianne, malgré ses 40 ans et son armoire de dessous aguichants, quelque chose de très enfantin. Une impudeur prépubère doublée d'un désir d'attention permanent. Sa manière à elle de lutter contre le néant. J'ai noué avec Marianne une relation forte, malgré son exhibitionnisme pathologique. Plus le risque d'être surpris est grand, plus elle jouit. Combien de fois m'a-t-elle couvert de honte ces sept dernières années ? J'aurais mauvaise grâce à me plaindre, j'ai passé avec elle de bons moments, mais il est temps de reconnaître que je suis parvenu à ce qui ressemble à un état de satiété. Ces derniers jours, il m'est arrivé de différer mes retours à la maison dans l'illusoire perspective d'échapper à son inextinguible libido. Nos fréquentes disputes ont pour seul et inavouable fondement son insatisfaction sexuelle, devenue l'unique ciment de notre vie commune. J'ai l'impression que notre vie de couple se réduit à nos accouplements.

— Il faut toujours que tu râles, me dit-elle en dévisageant ma mine renfrognée. Moi, j'ai bien aimé quand la bourgeoise du cinquième nous est passée sous le nez. Un coup de chance, cet ascenseur en panne ! Tu crois qu'elle a vu quelque chose ?

— Évidemment qu'elle a vu ! Qu'est-ce que tu penses, que tout le monde est con ? De toute façon, tu ne seras satisfaite que le jour où on se retrouvera chez les flics avec une plainte au cul.

— Une plainte au cul ? J'ai jamais essayé, ça doit être pas mal, me lance-t-elle avec son sens douteux de l'humour.

L'année dernière, pensant bien faire, j'ai suggéré à Marianne d'entreprendre une thérapie. Pour achever de la convaincre, je lui ai proposé de m'y joindre. Nous avons trouvé sur Internet plusieurs adresses de sexologues qu'elle a analysées avec réticence. Elle a opté pour une spécialiste de la baisse de la libido, histoire de bien marquer que c'était moi le responsable de nos difficultés. C'est ainsi que nous avons abouti chez Fiorella Mattei, une sexagénaire ébouriffée, qui nous a reçus en décolleté pigeonnant dans son deux-pièces de la rue de l'Assomption. Elle nous a écoutés poliment, un sourire encourageant aux lèvres, avant de nous faire part de son diagnostic, paré d'un fort accent italien. À travers son exhibitionnisme, Marianne cherchait, selon Mme Mattei, à revivre les fortes sensations de ses premiers émois sexuels. À cette époque, ses orgasmes coïncidaient avec sa crainte de voir ses parents faire irruption dans sa chambre. Elle éprouvait maintenant le besoin de recréer cette tension pour parvenir au plaisir. Pour ma part, la perspective d'être pris en flagrant délit ne m'inspirait que de la terreur, une sensation peu propice aux exploits sexuels. Pour surmonter cette incompatibilité, la sexothérapeute nous a recommandé de nous livrer à des jeux érotiques dont elle a établi une liste, en guise de prescription.

La première partie, jouée le soir même à la maison, nous imposait de nous déguiser, Marianne en collégienne et moi en père Fouettard. Cette mise en situation était censée lui évoquer son adolescence, sans recours à une aide extérieure. Mais sa jupe plissée et ses socquettes blanches me firent un effet si pitoyable qu'elle n'attendit pas cinq minutes pour s'en défaire. Ne gardant que ses deux couettes d'écolière, elle m'entraîna sans détour vers l'ascenseur de l'immeuble. Les deux portes battantes à peine refermées, nous fûmes appelés au rez-de-chaussée où nous attendait, inébranlable, la bourgeoise du cinquième. J'en ai encore les joues cramoisies. Nous abandonnâmes les jeux érotiques et avec eux Mme Mattei, tandis que je me résignais aux extravagances de ma partenaire.

Depuis que j'ai rencontré Marianne, mon plus grand fantasme est de faire l'amour dans un lit, en pyjama et dans la position du missionnaire.

V

Mon obsession veille. Elle ne me laisse plus seul une seconde. La fuir est inutile, elle me poursuit où que j'aille. J'ai tout essayé pour lui échapper, même de l'adopter selon le vieil adage « if you can't fight them, join them ». C'est sans espoir, elle refuse de se laisser apprivoiser. Plus je pense à autre chose, plus j'y pense.

Au début, elle n'apparaissait qu'occasionnellement. À bien y réfléchir, c'était pire. Quels efforts pour s'en débarrasser ! Quelle énergie dépensée en dépressions nerveuses et attaques de panique ! Trois ans après le début de mon activité, j'ai dû m'arrêter de travailler. Je défendais un jeune majeur dans une banale affaire de délit de fuite. Il avait percuté un motard à la sortie du péage de Saint-Arnoult mais ne s'était soi-disant rendu compte de rien, son casque audio diffusant à plein volume un tube d'AC/DC, *Highway to Hell.* Je ne sais pas ce qui m'a pris, ses explications m'ont fait sortir de mes gonds. Je me suis tourné vers le box des prévenus et je lui ai décoché une gifle retentissante. J'ai été presque aussi surpris que mon client par mon geste. Il y a eu un murmure de réprobation dans la salle, et le président a décrété une suspension d'audience. J'ai à peine réussi à me lever de mon banc avant d'être submergé par une bouffée d'angoisse et de m'effondrer sur la barre des témoins. Lorsque j'ai repris connaissance dans l'ambulance, on m'a dit que j'avais fait un malaise vagal plus spectaculaire que grave. Il n'empêche, ces quelques minutes de syncope sont loin de m'avoir réconcilié avec la mort. Quand j'entends parler de « perte de connaissance », je peux vous dire que c'est un euphémisme. On perd bien plus que connaissance en réalité, à commencer par ses cinq sens, excusez du peu ! La seule différence avec la mort, c'est le caractère temporaire de l'évanouissement. Eh bien, croyez-moi, je n'ai rien ressenti de merveilleux ; ni chaleur douce ni lumière bleutée. Il faudra d'ailleurs que quelqu'un m'explique un jour ce qu'une lumière bleutée offre à voir de si merveilleux.

Pour en revenir à mon chauffard, il a porté plainte devant le conseil de l'ordre. Ils m'ont infligé une suspension d'exercice d'un mois et j'ai fait ce que tout le monde appelle aujourd'hui un burn-out.

Maintenant, au moins, je suis calme. Je sais ce que je veux.

Je l'ai dit l'autre jour au psychiatre : « Je suis incapable de mourir. Je demande une dispense. Je n'ai aucune aptitude en ce domaine. Ils doivent bien délivrer des dispenses ? Je demande l'asile psychiatrique, avec statut de réfugié et immunité diplomatique. »

Je crois qu'il voit en moi un psychopathe. Il m'a reçu ce matin avec un tonitruant « Comment allez-vous aujourd'hui ? ».

— Toujours fou, lui ai-je répondu.

— Heureusement, votre sens de l'humour vous sauve !

— Ce serait trop beau… Si vous pensez que Dieu a le sens de l'humour, vous vous fourrez le doigt dans l'œil ! Il sauve les pénitents, les pauvres, les croyants, les vertueux, peut-être, mais nulle part il n'est écrit qu'il sauve les rigolos.

— Cher monsieur Durant, il faudra bien que vous l'acceptiez. À quoi bon nier la réalité ? Nous sommes tous soumis à la même règle, c'est là le sort des mortels que nous sommes. La folie ne peut que vous gâcher le temps que vous avez à faire ici-bas. En aucun cas elle ne vous procurera un régime dérogatoire. S'il en existait, ça se saurait, depuis le temps !

— Qui ne tente rien n'a rien ! Moi, je demande une dérogation. Je ne sais pas si cela s'est déjà fait dans le passé. Dans l'affirmative, je vous accorde qu'il n'y a eu que des refus, à l'exception peut-être du cas de Lazare ou de Jésus, et encore, le résultat c'est qu'ils sont morts deux fois. Tu parles d'une aubaine ! Bref, je soumets ma demande mais je ne sais pas quelles sont les autorités compétentes.

Il s'apprêtait à m'interrompre, alors j'ai ajouté :

— Écoutez, docteur, j'ai pas les nerfs pour crever, vous êtes mieux placé que quiconque pour le certifier. Faites suivre à qui vous voudrez. Vous pouvez en référer au préfet aux fins d'internement psychiatrique. Peut-être mon cas pourrait-il faire l'objet d'un article médical, pourquoi pas dans la presse généraliste ? Et si je passais à la télé, à une heure de grande écoute ? Allez savoir si ma requête ne serait pas entendue par une quelconque autorité compétente ?

— Mais enfin, cher monsieur, personne ne veut mourir…

— Moi, ce n'est pas que je ne veux pas, je vous dis que je ne peux pas le faire… J'y arriverai pas. J'ai pas l'envergure, j'vous dis. Pas les couilles. Ils m'auraient bien réformé pour motif psychiatrique, au service militaire.

— À la différence près que la mort est indissociable de la vie, contrairement au service militaire dont il ne vous a pas échappé qu'il a été supprimé en France.

— Qu'on supprime la mort ! Je veux bien être fou, mais je n'ai rien contre le fait de m'en tirer avec d'autres, au contraire. Les experts passent leur temps à rechercher toutes sortes de remèdes. Ils expérimentent les thérapies géniques, sans parler du clonage. Ils finiront par trouver. En attendant je demande une dérogation ou un moratoire. Je ne sais pas bien à qui, mais personne ne peut m'interdire de le faire. Les plus grands hommes, je pense à des mecs comme Copernic, ont refusé la réalité de leur temps et ils ont eu raison.

— La mort est une réalité de tous les temps.

— C'est ce qu'ils ont dit à Copernic.

Il n'avait plus rien à m'objecter et, comme toujours quand il se sentait coincé, il décida de mettre un terme à notre entretien.

VI

Aussi incroyable que cela paraisse, Marianne était une jeune fille timide quand je l'ai rencontrée. J'ai fait sa connaissance en master de droit à Paris I. Notre chargé de travaux dirigés de procédure pénale avait préparé une quinzaine de sujets d'exposés et constitué des binômes pour les présenter. Il nous a collés ensemble, d'autorité. On s'est regardés, un peu gênés, à la sortie du cours et je lui ai proposé de nous retrouver le lendemain à la brasserie Soufflot pour une première séance de travail. Marianne est arrivée les épaules rentrées dans une espèce de K-way kaki, ses cheveux bruns noués en une queue-de-cheval mal centrée. Elle portait un vieux jean délavé dont l'ourlet balayait le sol. On aurait dit qu'elle faisait tout pour s'enlaidir, sans succès. Elle était le genre de fille qu'un sac-poubelle aurait habillée de façon sexy. Je me souviens encore du sujet que nous devions traiter, c'était « La perquisition dans le cadre de l'enquête préliminaire ». J'ai essayé de briser la glace par un trait d'humour. Je lui ai proposé de m'occuper des préliminaires, sujet que je prétendais maîtriser mieux que la perquisition. Elle m'a transpercé d'un regard méprisant et j'ai passé l'heure restante à tenter de rattraper le coup. Je me suis farci l'élaboration du plan, j'ai pris en charge la quasi-totalité du devoir, je me suis rué sur son sac quand notre voisine de table a manqué de le renverser. Non seulement elle ne m'a pas remercié, mais elle a refusé que je lui paie son café. Elle est partie en m'adressant un « Salut » distant. On s'est revus la veille de l'exposé pour boucler notre présentation, à la même brasserie et dans la même ambiance. Je me suis appliqué à n'aborder aucun autre sujet que celui de notre cas pratique. Le lendemain devant la classe, nous avons déroulé notre partie, chacun à son tour. Son aisance m'a surpris, par contraste avec la réserve dont elle avait fait preuve au café. J'avais accompli l'essentiel du travail qu'elle a exposé avec plus de conviction que moi. Le prof nous a félicités, c'était du bon boulot, il invitait les suivants à prendre modèle sur nous.

Voilà… Nous sommes retournés à nos places et ne nous sommes plus parlé de l'année. Je me suis traité d'imbécile, d'incapable, de lâche. Toutes ces insultes et les autres dont je me suis agoni n'ont pas suffi à me donner l'impulsion nécessaire pour aborder à nouveau ma jolie partenaire d'un jour. J'ai préféré tirer une croix sur toute perspective d'une relation future avec elle. Ma vanne à connotation sexuelle du premier jour l'avait indisposée, ou peut-être était-ce juste que je ne lui plaisais pas. L'affaire était pliée, il ne me restait plus qu'à m'efforcer d'oublier l'existence de Marianne.

J'étais sur le point d'y parvenir lorsque, sept ans plus tard, nous nous sommes retrouvés côte à côte sur les bancs de la défense, dans une banale affaire de rixe entre voyous. C'était devant la 23e chambre correctionnelle, celle des flagrants délits. Nous étions commis d'office pour défendre deux jeunes imbéciles qui en avaient tabassé un troisième pour une histoire de regard de travers ou d'insulte, je ne sais plus, un truc grave, quoi. Au cours de leur interrogatoire, nos deux prévenus n'ont su que répéter que la victime leur avait manqué de respect, argument auquel, à leur grande surprise, la présidente s'était montrée peu réceptive. À force de les entendre le lui ressasser, elle a fini par leur demander en quoi ils considéraient mériter du respect. Ils l'ont regardée, hébétés, avant de se retourner vers nous, leurs avocats. Ils ne comprenaient pas la question.

Marianne a plaidé la première. Il était impossible, selon elle, de déterminer lequel des deux mis en cause était à l'origine des coups. La victime elle-même s'était montrée incapable de les distinguer l'un de l'autre. En l'absence de preuve déterminante, à défaut de respect, a-t-elle conclu, son client méritait la relaxe. Lorsque mon tour est arrivé, j'ai soutenu qu'il y avait tout de même quelque chose de respectable chez nos deux voyous et c'était leur lucidité. Il en fallait une sacrée dose pour déchiffrer du mépris dans le simple regard que la victime leur avait adressé. J'ai demandé aux juges de les conforter dans leur intuition en leur accordant aussi peu d'importance que possible dans leur délibéré.

À l'issue de l'audience, le cœur battant, j'ai invité Marianne à prendre un verre au Caveau du Palais, place Dauphine. Elle avait comme moi la trentaine, on était en plein mois de juin et elle avait cessé de se cacher sous des accoutrements informes. J'étais plus que jamais impressionné par sa beauté, ce que j'essayais de dissimuler sous une fausse décontraction. Nous avons commencé par nous féliciter du résultat obtenu. Elle ne s'est pas privée de me chambrer en soulignant que son client avait écopé d'une peine inférieure au mien.

— C'était déjà comme ça à la fac, ai-je ri. C'est moi qui faisais le boulot et toi qui récoltais les points !

Là, elle m'a remercié pour la première fois de la note que nous avions décrochée lors de ce fameux exposé, auquel elle s'était greffée tel un parasite. Comme j'avais cessé de lui adresser la parole par la suite, elle avait pensé que j'étais fâché, après tout, j'avais de bonnes raisons de l'être. Compte tenu de la tournure qu'avait prise notre relation, elle n'avait pas eu le courage de venir me parler.

Nous sommes retournés à nos cabinets respectifs après nous être promis de nous revoir, sur ce ton très parisien qui n'engage personne à rien. Pourtant j'étais troublé par cette rencontre inattendue, qui avait fait renaître mes espoirs de nouer une relation sentimentale avec Marianne. J'étais encore dans la période de cette curieuse tranquillité latente qui marquait ma vie, et qui avait commencé dix-huit ans plus tôt avec l'accident de la route de mes parents.

La balle était dans mon camp. Je devais agir ou renoncer, la dernière option étant cette fois inenvisageable, sous peine de mépris définitif de soi. Après m'être cassé la tête tout l'après-midi, je n'ai rien trouvé de plus original que de lui faire livrer un bouquet de fleurs à son bureau, accompagné du message suivant :

La prochaine fois que je te verrai, ce sera pour plaider ma propre cause. M'accorderas-tu une audience ?

Restaurant du Caveau, jeudi 27 avril à 20 h…

Bises,

Max

Sa réponse m'est parvenue par texto, le soir même. Deux mots : « À demain ! » La réponse était incohérente, le 27 avril étant le jeudi de la semaine suivante. Je m'étais en effet accordé huit jours, histoire d'avoir le temps de rêver un peu. Je n'ai pas osé lui écrire pour lui demander ce que signifiait ce « demain » qu'elle m'envoyait, de peur de passer pour un imbécile. Toute la soirée, j'ai guetté un message ou un appel en vue d'éventuelles précisions. Après une nuit agitée, ne voyant rien venir, j'ai appelé le Caveau du Palais pour y réserver une table le soir même « pour une ou deux personnes, je ne sais pas encore ».

Quand je suis arrivé, dès 19 h 30, le maître d'hôtel m'a accueilli en me disant que c'était drôle, une certaine Marianne Herscovitch avait appelé pour réserver elle aussi une table « pour une ou deux personnes ». Elle est arrivée dans la foulée, en jean et baskets avec un simple tee-shirt sans prétention, ses cheveux bruns défaits autour des épaules. Elle était superbe, je vous l'ai déjà dit. Elle s'est assise à notre table, et sans attendre que je la questionne elle a déclaré :

— J'ai estimé que ta requête était urgente. J'ai donc décidé de l'entendre dès ce soir !

Ses grands yeux bleus m'ont souri, avec engagement. Je m'y suis jeté pour lui déclarer ma flamme, avec toute la maladresse dont j'étais capable lorsque je devais improviser. Je ne m'étais pas préparé à une telle accélération et c'était tant mieux car ma fébrilité l'a touchée.

— Je pense que je vais faire droit à ta demande, a-t-elle conclu sur un ton faussement solennel, bien que je t'aie déjà connu plus éloquent.

Nous avons expédié le repas à toute vitesse, l'urgence étant de nous retrouver n'importe où dans l'intimité. Elle habitait à l'époque un petit deux-pièces rue Vivienne. Nous nous y sommes rendus car il était plus proche de la place Dauphine que le mien. Notre premier baiser, nous l'avons échangé au métro Cité, sur la plateforme du long escalier qui mène sur le quai en direction de la porte de Clignancourt. J'y pense encore chaque fois que je l'emprunte. Le voyage m'a paru interminable. Cinq stations, comprimés dans un wagon bondé jusqu'à Strasbourg-Saint-Denis. Un autre baiser, furtif celui-là, dans le couloir de la correspondance vers la ligne 8, puis encore deux arrêts jusqu'à Grands Boulevards. À la sortie du métro, il s'est mis à pleuvoir à verse. On a traversé le boulevard Montmartre en courant et pris la rue Vivienne sur une centaine de mètres avant de nous engager enfin sous le porche du numéro 34 et de gravir, trempés, les cinq étages nous menant à son appartement.

À peine avions-nous posé le pied chez elle qu'elle s'est débarrassée de ses vêtements sans le moindre avertissement et m'a lancé :

— C'est le moment de faire la démonstration de ta fameuse expertise en matière de préliminaires !

VII

Voici un petit calcul édifiant auquel je me suis livré.

Un orgasme dure une dizaine de secondes. À raison d'une moyenne de trois éjaculations par semaine, en données corrigées des variations saisonnières, un homme jouit vingt-quatre heures au cours d'une vie. Et encore, je compte cinquante-sept années de pleine activité sexuelle. En prenant un Don Juan ou, si vous préférez, un acteur porno, on parvient au double, soit quarante-huit heures, branlettes et éjaculations précoces comprises.

C'est un calcul optimiste. Il ne tient pas compte des inévitables périodes d'abstinence, des dépressions nerveuses, indigestions, pannes sexuelles et j'en passe.

Pour une femme, on doit parvenir à quelque chose de comparable, bien qu'en retranchant les orgasmes simulés il y ait des chances qu'on arrive, pour certaines, à un résultat négatif. Je ne veux décourager personne, mais ça donne à réfléchir, non ? C'est ce que j'ai fait, en poursuivant mes exercices comptables.

L'orgasme étant le paroxysme du plaisir, soyons plus modestes, me suis-je dit, et additionnons le temps passé tous plaisirs confondus, petits et grands. Après quelques heures d'insomnies, j'ai pu établir une évaluation. Du bricolage, certes, mais cela donne une idée.

Voici le bilan :

– Luxure : mille trois cents heures, sur la base retenue pour les orgasmes. Cela représente en moyenne cinq minutes de plaisirs sexuels pour 0,16 minute d'orgasme, et je pense que ça fait déjà un bon rapport.

– Rire : avec dix secondes pour un bon mot et jusqu'à trente secondes pour une très bonne blague, je totalise environ cent heures pour une existence passée dans une compagnie particulièrement spirituelle.

– Réjouissances de table : à raison de deux repas gastronomiques par mois et de vingt minutes de pur plaisir gustatif par repas : quatre cents heures. Et encore, j'ai pris le parti de ne pas retrancher les déboires inhérents aux excès inévitables en ce domaine.

– Réussites diverses (scolaires, artistiques, professionnelles, augmentations salariales, etc.) : cinquante heures, soit cinq minutes de jubilation pour une annonce heureuse par mois.

– Échecs des autres : cent heures, sur les mêmes bases que ci-dessus, en doublant le nombre d'événements.

– Anticipations sur les loisirs divers : une centaine d'heures.

– Loisirs divers : la moitié.

– Satisfactions intellectuelles (concerts, lectures, cinéma…) : cinq cents heures.

– Autres : mille heures.

Avant tout commentaire, je tiens à préciser que la catégorie « autres » constitue une simple précaution destinée à compenser tant les rubriques omises que les éventuelles sous-évaluations.

Je parviens ainsi à un total de trois mille six cents heures, soit cent cinquante jours de petits plaisirs et un jour d'extase. Je pense d'ailleurs que mes propres chances d'atteindre un tel score sont inexistantes, sauf amélioration spectaculaire de ma qualité de vie.

La réponse est claire : mathématiquement, la vie ne vaut pas d'être vécue. Le rapport moyen est de cinq mois de plaisir pour cinq cent quarante d'emmerdements. Un ratio inférieur à 1 % ! Aucun être sensé n'opterait pour un tel placement.

Je vous épargne la colonne du passif qui justifierait un fascicule complet, et n'allez pas croire que j'essaie de me défiler. Pour preuve, je prends juste une ligne au hasard : la rage de dents. Personne n'y échappe, demandez à votre dentiste. Eh bien, comptez six jours et surtout six nuits d'enfer, qu'il ne vous reste plus qu'à multiplier par quatre dents de sagesse. La rage de dents étant plus ou moins à la souffrance ce que l'orgasme est au plaisir, cela nous donne un déficit de cinq cent cinquante-deux heures sur cette seule rubrique !

Et alors, me direz-vous, à quoi bon s'acharner comme je le fais à vouloir vivre éternellement pour un si piètre résultat ?

C'est que la vie ne vaille pas la peine d'être vécue ne signifie pas qu'elle vaille qu'on y mette un terme.

Être ou ne pas être, la formule est belle, bravo monsieur Shakespeare ! Mais pardon, la question est mal posée. Une fois que l'on est, une fois que le mal est fait, l'alternative n'est plus tant de ne pas être que de n'être plus. Être ou ne *plus* être, la voilà, la vraie question. Et ça, ça fait une sacrée différence, non ?

VIII

Je raconte tout à mon psychiatre, je ne sais pas pourquoi. Il ne peut pas m'aider et il est en désaccord avec moi, mais je ne lui en veux pas. La mort, c'est un peu son terreau, une fois qu'elle est vaincue, il reste là comme un con avec son moi, son ça et son surmoi.

C'est une ancienne habitude. Voilà dix ans que je le fréquente et que je le tiens informé de tous mes projets. Cela remonte à l'époque de mon pétage de plombs professionnel. Après le coup de la gifle assénée à cet imbécile de client en pleine audience, l'un des membres du conseil de l'ordre qui m'avait infligé ma peine de suspension d'exercice m'a reçu. Il était désolé de la sentence prononcée à mon encontre, elle s'était imposée eu égard à la gravité de la faute commise. Il ne connaissait pas la cause profonde de mon geste, mais il m'a suggéré de consulter. Les avocats sont souvent soumis à des coups de stress. J'étais au début de ma carrière et je ne devais pas me laisser déborder, m'a-t-il expliqué sur un ton paternel. C'est lui qui m'a conseillé le Dr Gariepi, grand spécialiste des troubles psychotiques et de la régulation émotionnelle, qu'il m'a dit connaître personnellement. Marianne, qui venait de s'installer avec moi, avait abondé dans son sens. Elle était inquiète. Elle se demandait si cette violence incontrôlée n'était pas le symptôme d'une pathologie sous-jacente qu'il fallait prendre en charge avant qu'il ne soit trop tard. Je ne croyais pas plus à la psychanalyse qu'à n'importe quelle autre religion. Je me suis laissé convaincre uniquement pour la rassurer. Au cours de la première séance, j'ai expliqué au psychiatre que j'avais évidemment fait le lien entre le délit de fuite commis par mon client et l'accident de voiture ayant emporté mes parents. Ma fureur avait été proportionnelle à la désinvolture de ce délinquant routier qu'il m'était difficile de défendre, vu mon histoire personnelle. D'autant, ai-je conclu, que je me sentais coupable de l'accident de mes parents bien que je n'y fusse pour rien. Bien sûr, cela n'excusait pas mon geste d'un point de vue disciplinaire, mais psychiquement, le compte y était. Voilà, tout me paraissait dit, il n'y avait rien à ajouter.

Le psychiatre n'était pas d'accord. Certes, mon raisonnement était très rationnel, mais, selon lui, cela ne suffisait pas. Il a insisté pour que je poursuive les consultations. Je devais revenir sur le traumatisme de mon enfance autant de fois que nécessaire, un seul tour de piste étant inefficace.

C'est ainsi que, deux fois par mois, je me confronte à sa bienveillante normalité.

— Mon pire ennemi, c'est Marianne. J'aime une femme incapable de me donner un enfant, le degré zéro de la perpétuation. Je n'arrive même plus à la satisfaire sexuellement, avec tout ce que cela suscite comme tension nerveuse. C'est un danger permanent. À chaque engueulade, je prends un an. Je l'ai lu hier dans un article de *L'Homme moderne*. Il citait une publication très sérieuse d'après laquelle le stress provoquerait un phénomène d'usure, une cicatrice chimique indélébile. Sous son effet, des déchets métaboliques se déposent dans les artères qui perdent en élasticité, d'où le vieillissement des tissus. Même les chromosomes vieillissent brutalement. En d'autres termes, les soucis, ça vous tue à petit feu. Ce coup-ci, on a troqué la sagesse populaire et ses dictons vermoulus contre de la certitude scientifique. Suivaient toutes sortes de conseils sur la meilleure façon de « gérer le stress ». La gestion du stress, voilà bien une arnaque.

» La sophrologie, la méditation, le yoga, ça n'a jamais empêché quiconque de mourir. Maharishi Mahesh Yogi, l'inventeur de la méditation transcendantale, a succombé sans honte à 84 ans. Même Churchill a fait mieux, avec son whisky et ses cigares. Il n'y a pas moyen de « gérer » le stress. La seule réponse stratégique, c'est son élimination. Ce n'est pas une décision facile, mais j'ai un cap à tenir. Si je flanche devant le premier obstacle, autant renoncer tout de suite. Je crains de n'avoir pas le choix. Malgré toute mon affection pour Marianne, il faut que je rompe avec elle si je veux avoir une chance de tenir la distance.

— Et vous n'avez pas envisagé une autre solution ? me suggère-t-il, à ma grande surprise.

Par moments, je me demande s'il cherche à m'aider ou s'il est passé de l'autre côté.

— Vous me faites marrer, vous, les psys ! Finalement, vous avez beau vous en défendre, votre truc, c'est bien l'ordre établi. Sous couvert de subjectivité, de refus de la morale, faut tout faire pour amener le patient à se ranger. Votre modèle, c'est couple hétéro, métro, boulot, dodo. La norme à tout prix. À l'égard de la folie, on vous imagine comme des sympathisants. En réalité, vous êtes au mieux des terrorisés, au pire des terroristes. Plus ça va et plus je suis persuadé qu'il n'y a aucun avenir dans la normalité. Le conformisme, c'est la mort ! Regardez autour de nous, il n'y en a pas un qui s'en sorte. Quant aux fous, vous les avez étalonnés. Que ce soit les paranoïaques ou les schizophrènes, qui tournent autour des mêmes délires, ou les névrosés, qui ne sont plus fous du tout, vous nous avez tous rangés. Le dingue qui se prend pour Napoléon ? Quatre-vingts gouttes d'Haldol ! Cet autre, qu'on a privé du Nobel de médecine ? Trois comprimés de Rispéridone ! Et les choses rentrent petit à petit dans l'ordre en même temps que dans votre tiroir-caisse. Vous le savez, que le masque à oxygène ne sauve pas la vie. Il provoque une suroxygénation qui vous conduit à un état de douce euphorie. Si la catastrophe aérienne tarde suffisamment, vous mourrez gazé et relax avant le crash !

— Vous voulez dire que vous préférez vivre le crash ?

— Non, bien sûr ! Ce que je veux dire, c'est qu'on se fout de nous. On nous drogue pour nous faire crever en bon ordre. L'essentiel, c'est de mourir sans faire de tache. Les nazis ne sont pas allés chercher bien loin leurs méthodes pour emmener les Juifs calmement dans les chambres à gaz. Littérature, cinéma, télé, ils nous bassinent tous avec leurs morts magnifiques. Ces héros qui y courent, la fleur au fusil, l'amour en bandoulière. Rodrigue as-tu du cœur ? Alors va, cours, vole et crève ! Cyrano et son panache ? Au trou ! Roméo et Juliette ? Socrate ? Le poison, et que ça saute ! Et à nous autres : « Suivez le guide. » Refuser de mourir est le seul acte véritablement subversif. Ça vous déstabilise un État en un rien de temps. Un Duce, un Führer sans morts, ça vaut quoi ? Pas même le tissu de son brassard ! Islamisme, catholicisme, judaïsme, sans la mort, vous pouvez tirer une croix dessus. La psychanalyse, c'est pareil, j'en donne pas cher. Je vous le dis, il y a beaucoup trop d'enjeux politico-économiques. Si j'en avais l'énergie, je créerais un parti contre la mort. En voilà un, de parti révolutionnaire ! Les marxistes n'étaient que des guignols avec leur misérable lutte des classes. L'aliénation par le travail ? Un épiphénomène, voilà ce que c'est ! C'est quand même invraisemblable qu'il y ait des associations qui se battent pour que l'on ne meure plus de faim, du sida, du paludisme, de la lèpre ou sous la torture sans qu'aucune se préoccupe de ce que l'on ne meure plus, tout court ! Je fonderais une nouvelle ONG qui exigerait la suppression réelle de la peine de mort au profit de tous les condamnés que nous sommes. Je défilerais devant les hôpitaux et les maisons de retraite. J'irais manifester devant tous les mouroirs du monde pour réclamer la libération de mes camarades. Je lancerais des pétitions, j'interpellerais les gouvernants du monde entier pour leur enjoindre de réformer la charte des Nations unies. Le droit élémentaire de l'homme, son droit fondamental, c'est de ne pas mourir.

Le psy m'a écouté poliment. À la fin de la consultation il a griffonné quelques lignes sur son ordonnancier avec un petit sourire de satisfaction aux lèvres. Il a plié la feuille en quatre avant de la glisser dans une enveloppe. Je l'ai payé et j'ai pris connaissance de l'ordonnance une fois dehors. Ce salaud m'avait prescrit quatre-vingt gouttes d'Haldol !

IX

Aujourd'hui, la page nécrologie du journal annonce que « la doyenne du monde, sœur André, est morte ce matin à l'âge de 118 ans et 220 jours. Elle était née en 1904, au temps d'Édouard VII. La nouvelle doyenne, Maria Brangas Morera, est espagnole ; elle a le même âge, à quelques mois près… ». L'information est rapportée par le Gerontology Research Group qui, selon le site qui lui est consacré, « traque » les super-centenaires à travers le monde.

La doyenne de l'humanité est morte, vive la doyenne de l'humanité ! Que des femmes, vous l'aurez noté. Six ans de longévité de plus que les hommes en moyenne selon les statistiques, ce n'est pas rien. En janvier 2023, il y avait en tout neuf personnes de plus de 110 ans en France et pas un homme parmi les happy few. 8 % de vie en plus et elles nous bassinent avec l'inégalité salariale ! Est-ce qu'elles se rendent compte de ce que l'on peut faire, en six ans ? On dit que personne ne connaît la date de sa mort. L'Insee, si ! D'après lui, il me reste

39,4 ans à vivre, ce qui signifie que j'ai déjà passé la moitié de ma vie. Et je subodore que la moitié à venir ne sera pas la plus facile…

À propos de gérontologie, je me suis perdu dans les couloirs de l'hôpital Saint-Antoine où je visitais un copain qui avait rendu sa prostate, et en mauvais état paraît-il. On espérait qu'il n'y ait pas de métastases. J'étais en train de réfléchir à ce que je pourrais bien dire en entrant dans sa chambre quand je me suis retrouvé face à un écriteau affichant : « Allée bleue, service de gériatrie aiguë ». J'ai relu l'oxymore quand je fus assailli par une odeur précadavérique qui flottait dans l'allée, laquelle n'avait de bleu que l'adjectif. J'ai accéléré le pas, les yeux rivés sur le panneau « Issue de secours » et j'ai heurté une blouse blanche au détour de l'allée jaune. Son badge épinglé à la poitrine affichait : « Dr Bernard Lefebvre – Chef du service de gériatrie ».

Un homme avenant, la quarantaine sportive et élancée, l'air grave et sympathique. Le genre de type à qui l'on confierait aussi bien ses problèmes que ses vieux parents. Je l'ai taquiné sur l'intitulé de son secteur :

— La vieillesse, je pensais que c'était une maladie chronique.

— Oui, vous n'êtes pas le premier à me le faire remarquer, me répond-il. Le raccourci prête à l'ironie, mais il s'agit d'une unité qui accueille des vieillards atteints d'une affection aiguë. L'optimiste que vous ignorez être a omis d'envisager que le chronique ne met pas à l'abri de l'aigu ! Figurez-vous que l'on peut être malade du sida et attraper une appendicite ! De même, rien n'empêche un Alzheimer de contracter une pneumonie. Au contraire : ce sont des patients que l'on rencontre couramment en pyjama dans la rue par moins dix ! Ceux qui ont été ramassés à temps se retrouvent dans mon service de gériatrie aiguë... Vous cherchez quelqu'un, ou bien êtes-vous ici en simple touriste ? a-t-il ajouté, visiblement satisfait de son effet.

— J'ai dû prendre le mauvais ascenseur, je cherche le service d'urologie.

— Dans ce cas, ce n'est pas le mauvais ascenseur, mais le mauvais bâtiment ! Il vous faut ressortir, traverser la cour et prendre l'escalier F. Ce sera au troisième étage.

Je me suis encore perdu dans les couloirs, à la recherche de l'ascenseur et je n'ai pu m'empêcher, au passage, de jeter un œil à travers une porte entrouverte. À l'intérieur de la chambre se trouvait un vieillard qui m'est apparu en pas trop mauvais état. J'ai considéré comme une invitation le regard interrogateur qu'il m'adressait et me suis approché, ne sachant pas trop comment l'aborder.

— Je vois que vous avez 107 ans, lui ai-je dit en lisant l'écriteau accroché à son lit. Toutes mes félicitations ! J'aime beaucoup ce que vous faites.

— Je vais mourir, m'a-t-il répondu, sur un ton presque enjoué. Mais ce n'est pas bien grave, de toute façon personne ne tient plus à moi.

— Détrompez-vous, moi, je tiens beaucoup à vous !

Il m'a jeté un regard ébahi, une larme figée au coin de l'œil. Même les larmes, ai-je pensé, souffrent de problèmes de mobilité chez les vieillards. Puis il m'a saisi la main avec une force que je ne lui soupçonnais pas.

— Donnez-moi l'absolution, mon père.

Passé la surprise, je lui ai répondu :

— Je ne suis pas un prêtre et j'ai bien mieux à vous offrir que l'absolution ! Je m'appelle Max Durant et je vous interdis de mourir.

Cette annonce a provoqué un nouveau silence, intrigué cette fois. Il a réussi à se redresser légèrement et à porter à sa bouche le verre d'eau qui reposait sur sa tablette. Avec un effort manifeste, il en a avalé deux bruyantes gorgées avant de reprendre notre dialogue.

— Alors peut-être êtes-vous le diable en personne, venu m'offrir la jeunesse éternelle ? Sinon, je ne vois pas bien comment vous comptez vous y prendre. Je préfère vous prévenir que si c'est mon âme qui vous intéresse, ce n'est pas une première main !

— Nous verrons bien, lui répondis-je, énigmatique. Je reviendrai vous voir demain et tous les jours s'il le faut.

Je quittai la pièce, un peu troublé par ma propre promesse, au point qu'il me fallut quelques minutes pour me souvenir du motif initial de ma visite.

J'avais fait la connaissance de Samuel en quatrième. Ce qui m'avait plu chez lui, c'était son côté « hors compétition », qu'il s'agisse de filles ou de performances scolaires. Sa passion, c'était la poésie. Il lui arrivait, du haut de ses 14 ans, d'accoster une femme à une terrasse de café sur le chemin de notre retour du collège, en lui déclamant quelques vers d'Éluard ou de Victor Hugo. Dans le meilleur des cas, il récoltait de sa muse un sourire maternel. Dans un élan aussi théâtral que sincère il lui déclarait sa flamme et le sourire de la cliente virait à l'embarras, sans tempérer l'enthousiasme de mon copain. Surtout lorsqu'elle était accompagnée, comme cela arrivait parfois. Le patron de la brasserie venait alors le virer, *manu militari*. Pendant que Samuel était bousculé sans ménagement, il continuait de jurer à l'inconnue stupéfaite qu'il l'aimait d'un amour fou et la suppliait de l'épouser.

On le trouvait certains jours, planté devant la porte d'une terminale, sa mandoline à la main, chantant la sérénade à une fille aperçue la veille dans la cour commune. Lorsque, excédé, le professeur interrompait son cours pour le prier de déguerpir, Samuel esquissait un geste d'impuissance. Son amour était plus fort que lui et, tout en s'excusant, il reprenait de plus belle. Sa ballade se terminait en général dans le bureau du proviseur, par une exclusion temporaire de l'établissement. Malgré ses échecs répétés, Samuel était un récidiviste invétéré dont l'obstination me fascinait. À force de pitreries, il a réussi à rater son bac, ce qui nous a éloignés quelque temps. Pendant que j'entamais mes études de droit, il est parti pour l'Inde en quête du sens de la vie. Il en est revenu quinze ans plus tard en compagnie d'une Hollandaise un peu paumée, Joke, en guise de boussole m'étais-je dit lorsque je l'ai rencontrée pour la première fois. Ils ont ouvert dans le 14e arrondissement le restaurant *En vers et contre tous*. Elle supervisait la cuisine et lui servait en salle. Trois fois par semaine, des artistes venaient dire ou chanter un poème de leur cru sur la petite estrade édifiée dans l'entrée. Le public votait, puis la maison offrait le dîner au gagnant et un verre aux autres participants. La formule avait rencontré un certain succès, mais la découverte de son cancer a entraîné la faillite de son entreprise. Samuel ne récitait plus que sa maladie, envers et contre tout, avec l'effet que l'on imagine sur l'ambiance de l'établissement. Bientôt, même les plus fidèles de ses clients ont cessé de fréquenter le restaurant, qui dut fermer ses portes. Joke a courageusement trouvé une place de cuisinière à plein temps dans une brasserie parisienne, aggravant le sentiment d'échec et de culpabilité de son compagnon.

J'en étais là, à ressasser mes souvenirs, lorsque je suis arrivé au service d'urologie devant la porte de sa chambre. J'ai encore fait les cent pas dans le couloir pendant une dizaine de minutes, à la recherche du souffle nécessaire pour entrer.

Comme je m'y attendais, Samuel était d'humeur très sombre. Il m'a accueilli d'un « Il ne me reste plus qu'à trouver quelqu'un pour baiser ma femme » renfrogné.

— Arrête tes conneries, lui ai-je répondu, avec le Viagra t'as plus besoin de prostate pour bander.

— J'aimerais bien t'y voir !

X

Eh bien justement, je ne voulais pas m'y voir. Il fallait que je prenne d'urgence les dispositions en vue de la préservation de mes cellules si je voulais éviter de me retrouver un jour ou l'autre dans l'état de Samuel.

Il existe à cet effet des établissements spécialisés qui s'offrent des pages entières de publicité dans les magazines. Leur activité consiste, pour l'essentiel, à stocker quelques cellules souches qui seront conservées en vue d'une affectation et d'une réimplantation ultérieures. Ces établissements, pour la plupart des filiales de grands laboratoires ou de compagnies d'assurances, se présentent comme les promoteurs d'un nouveau concept d'assurance-vie, ou plutôt d'assurance contre la mort. J'ai procédé à une étude comparative sur Internet avant d'opter pour la Cryo-Cells Bank, la plus sûre, à en croire les quelque milliers d'avis postés par ses clients.

Situés à Genève, au bord du lac, ses bureaux offrent une vue imprenable sur le fameux jet d'eau, symbole de la prospérité financière helvétique et préfiguration de la poussée fulgurante dont bénéficieront vos placements.

Mon « responsable de compte » – c'est ainsi qu'ils se désignent – me fait visiter les lieux. Trois étages de laboratoires en sous-sol, un vrai bunker. Les salles sont équipées de centaines de bidons fumants, remplis d'azote liquide. Mille échantillons de plasma sanguin et de cordons ombilicaux par bidon ; ils en entreposent une cinquantaine de milliers au total. Des biologistes en blouse blanche se croisent dans les allées, masqués et gantés. Mon « responsable » semble fier de cette effervescence, comme s'il était le papa de chacune des cellules congelées dans les stocks.

— C'est la ruée, m'explique-t-il, triomphant. Depuis septembre, nous ouvrons une dizaine de comptes par jour. Vous n'avez pas reçu le lien vers notre site ? Nous faisons actuellement la promotion du compte d'épargne « cordon-bleu ». Jusque-là, il était surtout utilisé comme cadeau de naissance par des grands-parents qui offraient à leurs petits-enfants un placement sur vingt ou trente ans, de leur cordon ombilical. Nous avons entrepris une campagne pour développer ce produit et le rendre plus accessible aux catégories moyennes – il accompagne « catégories moyennes » d'un geste du majeur et de l'index joints, légèrement au-dessus de ses épaules, auxquels il imprime un mouvement de haut en bas pour simuler des guillemets. Pensez-y, vous avez jusqu'à la fin de l'année pour y souscrire. Cela vous ouvre un délai de trois ans pour procéder à votre dépôt si vous optez pour le Cells-épargne ordinaire, et un délai de cinq ans si vous choisissez la formule « gold ».

— Malheureusement, lui dis-je, ma compagne est stérile, un peu comme vos cuves. Je crains de n'avoir ni embryons ni cordon ombilical à déposer à court terme.

— C'est dommage ! me répond-il sans sourire. Vous savez que les cellules souches issues du cordon ombilical peuvent générer n'importe quels tissus ? Ce sont les seules, au jour d'aujourd'hui. L'embryon, comme je dis toujours, c'est un peu la clé anglaise de la greffe, ça s'adapte à tous les modèles... Mais inutile d'insister, n'est-ce pas, monsieur Max Durant ? Toutefois, on ne sait jamais, avec les progrès de la médecine, en cinq ans, vous avez comme qui dirait le temps de voir venir.

Il me gratifie d'un clin d'œil avant de se lancer, hésitant :

— Euh... cela dit, nous pouvons aussi vous ouvrir un compte « Surnumerus ». C'est, euh... un compte spécialement conçu pour stocker des embryons surnuméraires. On ne peut stocker que les surnuméraires, ils n'ont pas vocation à vivre. Les... comment... enfin, les embryons « normaux », ce serait illégal. Alors là, pour le coup, avec vos embryons surnuméraires, vous optez pour la Rolls-Royce du capital santé. Réfléchissez-y, on ne fait pas mieux, du moins au jour d'aujourd'hui. Et le compte est anonyme, hein, avec secret garanti. Tenez, voici notre brochure, vous y trouverez tous les détails, avec ma carte et mon numéro direct. N'hésitez pas à me joindre si vous avez le moindre souci.

J'examine mon chargé de clientèle avec dégoût. Il est inculte, borné et vulgaire, mais il a raison, il me faut un cordon ombilical, avec ou sans Marianne, et, si possible, un embryon…

Au moment où je sors de mon rendez-vous, mon téléphone sonne.

— Où es-tu, Max ? J'ai voulu te faire la surprise de déjeuner avec toi mais on me dit que tu ne seras pas au bureau de la journée.

La poisse ! Marianne ne passe jamais au bureau, il a fallu que ça tombe maintenant. Elle n'est pas d'un naturel jaloux et je n'ai préparé aucun mensonge. Je l'ai dit, je suis nul en improvisation, et c'est encore pire lorsqu'il faut mentir. Je ne peux pas lui avouer mon voyage à Genève, encore moins sa motivation, sous peine de la confronter à son infertilité et de la meurtrir un peu plus. Elle me l'a révélée dès le deuxième jour de notre relation. « Par loyauté », avait-elle précisé avec un léger raidissement. Je l'avais enlacée en essayant de la rassurer. Ça tombait bien, je ne désirais pas d'enfants, cela ferait des économies de contraceptifs avais-je plaisanté. Elle avait fondu en larmes. Ne pas pouvoir enfanter était pour elle une véritable tragédie. Elle avait grandi au sein d'une famille juive alsacienne, non pratiquante, dont elle avait été l'enfant et le centre d'intérêt uniques. Pour conjurer cette expérience, elle s'était projetée à la tête d'une famille nombreuse. Elle rêvait de maisonnée, d'agitation, de joie de vivre, bref, d'une vie opposée aux années austères qu'elle avait vécues chez ses parents. Ce rêve s'était évaporé lorsque sa gynécologue lui avait diagnostiqué une obstruction inopérable des trompes de Fallope. Il n'y avait aucun recours en dehors de l'adoption.

Alors quoi ? Je vais lui répondre que je sors de la Cryo-Cells Bank à Genève avec une brochure sous le bras qui m'explique le maniement d'un compte embryonnaire surgelé ? Certainement pas ! Je lui bégaie que j'ai dû me rendre à une audience à Chambéry. J'ajoute avec un peu plus de conviction qu'à mon retour je vais voir mon psy et que je serai à la maison vers 21 heures. Il me reste l'après-midi pour inventer un dossier ainsi qu'un motif crédible pour avoir omis de lui en parler.

Mon train de retour pour Paris ne partant qu'à 15 h 42, j'ai encore trois longues heures à perdre. J'erre dans les rues aux abords du lac par un temps maussade. Quand la pluie se met à tomber, je me trouve en face du musée de la Croix-Rouge – difficile d'imaginer meilleur refuge.

L'exposition permanente est consacrée pour une bonne partie à son fondateur, Henry Dunant. Il porte mon nom, à une lettre près. Sous son portrait, le règlement du très convoité prix du Comité international de la Croix-Rouge récompensant les travaux consacrés à « prévenir et alléger, en toutes circonstances, les souffrances humaines ».

Un vaccin contre la mort ! Voilà ce qu'il faudrait trouver. Quel moyen plus radical de prévenir la souffrance humaine que de supprimer la mort ?

Oui, je sais, cela provoquera toutes sortes de difficultés. À commencer par la question de la surpopulation. Cela étant, le désir d'enfant, pour l'essentiel, est un désir de perpétuation. Inutile de procréer dans un monde où l'on ne meurt plus. On pourrait interdire la procréation à toutes les personnes vaccinées. À compter de la mise en place du vaccin, ne seraient éligibles que les personnes prenant l'engagement de renoncer à enfanter. Cela pourrait prendre la forme d'une sanction en cas de manquement ou, plus sûrement, d'une stérilisation définitive, préalable à la vaccination.

Pour en limiter les effets néfastes, j'ai aussi envisagé l'octroi de l'immortalité au mérite. Mais qui en seraient les bénéficiaires et selon quels critères ? L'intelligence ? La gentillesse ? Ça se mesure comment ? Ma tante, Lya Syngalowski, plafonnait autour de 70 aux tests de QI, un résultat autrefois qualifié d'imbécillité. Aujourd'hui, on parle plutôt de troubles cognitifs. Pourtant, Lya était l'une des personnes les plus intelligentes et les plus drôles que j'ai connues. Je lui aurais accordé la vie éternelle sans confession.

Serais-je moi-même éligible ? À bien y réfléchir, qu'ai-je fait pour mériter l'immortalité ? Si les conditions étaient celles préconisées par la Bible, c'est sûr, je serais recalé.

Selon son biographe, Henry Dunant a sillonné les capitales européennes, d'audience en audience auprès des têtes couronnées pour faire adopter la fameuse convention de Genève. Il s'est vu attribuer le premier prix Nobel de la paix pour la fondation du CICR. Il ne me reste plus qu'à en faire autant et à créer le Comité international contre la mort. Le CICM, ça claque !

XI

À mon retour de Genève, j'ai fait part à mon psychiatre de mes projets. Il a laissé s'installer un petit silence avant de lâcher, avec son air de rien :

— Et puis d'abord, qu'est-ce que vous en savez, de la mort, pour la redouter à ce point ?

— Je vous rappelle que mes deux parents sont morts sous mes yeux alors que j'avais à peine 12 ans. J'ai failli y passer moi-même et je n'ai gardé aucun souvenir agréable de cette expérience.

— Oui, mais vous n'êtes pas mort pour autant. Qu'est-ce qui vous fait croire que ce soit aussi terrifiant que la représentation que vous vous en faites ?

Alors là, il exagérait ! Il n'allait quand même pas me servir ce genre de soupe, pas à moi !

— Écoutez, docteur, je vous croyais au-dessus de ça. Vous voulez me la jouer petits bras ? Behaviouriste ? Pourquoi pas un stage de mort à l'essai, histoire de s'habituer progressivement ? Du genre psychothérapie de groupe avec une bande d'illuminés revenus du coma… Les mecs qui ont vu la mort de près et qui viennent vous la raconter : le long couloir, la sublime lumière bleutée, l'élévation avec vue imprenable sur son propre corps et tout le bastringue. Ô la belle mort que voilà, si douce, si accueillante ! Vous me prenez pour un con ? Pourquoi pas les jeunes vierges pendant que vous y êtes ! Si vous voulez du ras les pâquerettes je vais vous en servir. Moi aussi je peux vous en mettre quelques kilos de mort iconographiée avec une grappe de paradis, une louche d'enfer, servie par son fameux Cerbère. À moins que vous ne préfériez la Faucheuse ou, mieux, le karma, avec ma réincarnation en chat sur un plateau ? Ça vous dirait, une vie de crapaud ? Ou, pourquoi pas, d'être moi le prochain coup ?

— Si j'étais vous dans une vie future, au moins cela aurait le mérite de vous perpétuer. Ce n'est pas si mal pour vous, ça, non ?

Sa réflexion me fit bondir. Qu'est-ce qu'il imaginait ? Qu'il allait me convertir au bouddhisme ?

— Parce que vous pensez que je me satisferais d'être prolongé par quelqu'un d'autre que moi-même ? Ça vous rassurerait de savoir que je vous incarnerais dans une prochaine vie ? Imaginez qu'on aille jusqu'à vous délivrer un certificat d'authenticité avec garantie pièces et main-d'œuvre, vous prenez ?

Il adopta l'air refermé auquel il avait recours pour me signifier qu'il n'entendait pas poursuivre la discussion.

— Monsieur Durant, vous savez bien que vous allez droit à l'impasse tant que vous aborderez la mort comme s'il s'agissait d'une option. Il ne s'agit pas d'être pour ou contre la mort, de la craindre ou de la rejeter… la mort EST, un point c'est tout.

— C'est en tout cas ce que vous voulez bien admettre, docteur. Et, à votre décharge, il faut reconnaître qu'elle a toujours été, jusqu'à présent en tout cas, comme tout ce qui n'a jamais été remis en cause… J'espère vous démontrer qu'il y a une fin à tout, même à la mort !

C'est alors que j'ai sorti de ma poche le brouillon que j'avais rédigé à la va-vite dans le train de retour de Genève. J'avais pris pour modèle un contrat de cession de fonds de commerce que j'avais simplement renommé « Pacte avec le diable ». C'est le vieillard du service de gériatrie aiguë qui me l'a inspiré. Je l'ai remis à mon psychiatre en lui expliquant qu'aussi fou que je sois, je n'y croyais tout de même pas. Mais je ne pouvais me permettre de négliger la moindre piste. Il fallait parer à toutes les éventualités, y compris les plus improbables. Ce serait trop bête que le diable se présente et que je sois pris au dépourvu.

Il a consenti à le lire, du bout des yeux.

« Pacte entre M. Max Durant, ci-après désigné comme le Cédant

demeurant 2, rue de Logelbach, 75017 Paris

et

le Diable, ci-après désigné comme le Cessionnaire.

(adresse à définir)

Préambule : Le présent pacte a pour objet de déterminer les modalités de la cession par M. Max Durant de son âme au Cessionnaire en contrepartie de la vie éternelle, qui lui sera garantie par ce dernier en toutes circonstances de temps et de lieu. Les contreparties stipulées ci-dessous seront d'interprétation stricte.

Article 1er : POUVOIR

Le Cessionnaire, dont l'existence est réaffirmée et certifiée, déclare être doté de la pleine capacité de souscrire à l'ensemble de ses obligations et d'en garantir la bonne exécution.

Le Cédant de son côté déclare être en pleine possession de son âme, laquelle est libre de droits, n'ayant fait l'objet d'aucun engagement antérieur.

Article 2 : OBJET DE LA CESSION

Le Cédant cède, par la présente, irrévocablement, son âme au Cessionnaire, ainsi que tous les accessoires subséquents – volonté, liberté, dignité –, auxquels s'ajoutent tous les attributs généralement admis à cet égard par la littérature, étant précisé que la liste ci-dessus est indicative et non exhaustive. Pour toute interprétation du présent article, les parties se référeront en priorité à l'ouvrage intitulé *Le Portrait de Dorian Gray* d'Oscar Wilde.

Article 3 : ÉTENDUE DE LA CESSION

En contrepartie de l'abandon de son âme et de l'ensemble des attributs y afférents, le Cessionnaire garantit au Cédant la vie éternelle. Aucun événement ne sera susceptible de troubler cette jouissance, ni guerre, ni accident, ni aucun cas de “force majeure” ou tout autre événement imprévu ou imprévisible à la date de la rédaction du présent contrat. Le Cédant sera par ailleurs dispensé, outre la mort, de tous les troubles, liés à la vieillesse ou à la maladie, susceptibles d'occasionner une incapacité temporaire supérieure à trois jours.

Article 4 : SANCTIONS

Pour le cas où le Cédant tenterait de reprendre possession de tout ou partie de son âme, telle que définie à l'article 2, et après un simple préavis de quarante-huit heures notifié par écrit, le présent contrat serait révolu de plein droit.

Le Cédant, faute de restitution immédiate et dès le terme du préavis, serait susceptible de mourir à nouveau, à tout moment et de quelque cause que ce soit, naturelle ou non, sans que son décès puisse donner lieu à une quelconque réclamation.

Article 5 : LITIGE

Les parties tenteront de trouver une issue amiable à tout différend né de l'interprétation ou de l'exécution du présent contrat. Chaque fois que cela sera nécessaire, *Le Portrait de Dorian Gray* d'Oscar Wilde servira de référence pour la définition des termes utilisés. Dans l'hypothèse où le différend persisterait, les parties soumettraient leur litige à une juridiction arbitrale composée de trois membres : le premier désigné par le Cédant, le deuxième désigné par le Cessionnaire, le Président du tribunal arbitral étant désigné par les deux qui précèdent.

Fait à Paris, le

en deux exemplaires originaux

Le Diable Max DURANT »

Une fois sa lecture terminée, je lui ai demandé, par défi, s'il accepterait d'être mon arbitre, en cas de besoin. Il a décliné la proposition en me rappelant que son rôle n'était pas de se faire le complice de mon délire mais de tenter de me ramener à la réalité.

— Ne soyez pas si rigide, ai-je conclu, puisqu'il n'y a pas de diable, l'accord que je vous demande est purement formel, pour ne pas dire honorifique, vous ne risquez rien !

Il m'a remercié et donné rendez-vous la semaine suivante.

XII

Les statisticiens s'échinent à relever des données de plus en plus complexes pour nous expliquer ce qu'il convient de manger, de boire, et en quelle quantité. Ma préférée, c'est l'étude qu'on nous ressort chaque année, selon laquelle rire au moins une fois par jour favorise la longévité. J'imagine la tête du type assis tous les soirs devant son formulaire en train de cocher le nombre de fois qu'il a ri au cours de la journée écoulée, en précisant les heures auxquelles le phénomène s'est produit. Doit-il faire le détail entre un rire aux éclats, aux larmes, forcé, jaune ou sous cape ? Et pour un sourire compatissant, combien de secondes a-t-il grignotées sur la mort selon les statisticiens ?

Il n'empêche que le mec qui mange ses cinq fruits et légumes par jour en se bidonnant devant son verre d'eau minérale Mont Roucous finit par crever tôt ou tard lui aussi. C'est bien que le problème se situe ailleurs. Pourquoi ne s'intéressent-ils pas plutôt aux circonstances dans lesquelles la mort survient ?

Peut-être y a-t-il des moments, des lieux, des activités plus propices à la survenance d'un décès ?

Imaginons que les statistiques indiquent que 45 % des gens trépassent entre 6 et 7 heures du matin – ce n'est qu'un exemple. Une telle information induirait une nouvelle méthode d'approche prophylactique. Au lieu de sonner l'alarme tous les premiers mercredis du mois à midi, on ferait retentir les sirènes chaque matin à 6 heures pour inciter les gens à prendre leurs précautions. Selon mon psychiatre, d'après cette méthode, le lit devrait être considéré comme le lieu le plus dangereux : 90 % des gens y trouvent la mort.

Il en sourit, mais ce constat me paraît digne d'être pris au sérieux. Si tant de gens meurent dans un lit, c'est qu'il existe un danger qui lui est associé. Peut-être pas au lit lui-même, mais à la position allongée.

Il faut dire qu'il y a quelque chose d'incitatif dans l'horizontalité. Pourquoi serait-il impossible de contrecarrer cette inclination ? C'est une simple question d'hygiène de vie. Pour les mêmes raisons qui nous conduisent à cesser de fumer, peut-être faudrait-il songer à cesser de s'allonger. On nous matraque de publicités pour nous inciter à laisser tomber l'alcool ou à reprendre une activité physique. Mais pour ce qui est de la disposition du corps, rien ! J'ai beau le répéter à tout le monde, personne n'y prête attention parce que je suis estampillé « dingue ». C'est bien pratique, ça leur permet de rester couchés, c'est plus douillet !

Pourquoi notre inclinaison n'aurait-elle aucune incidence sur des phénomènes tels que la circulation sanguine ou la digestion ? Une écrasante majorité de la population meurt allongée sans que cela donne lieu à la moindre étude ! Et avec ça, le dingue ce serait moi ?

Ça me paraît de plus en plus clair : ils n'ont aucune intention de s'attaquer à la mort. Elle leur est aussi vitale que l'air qu'ils respirent. Toute leur vie marche à la mort. Ils sont shootés à la mort !

Eh bien, pour ma part, je vais entamer une campagne de désintoxication. Et pour commencer, je vais rompre avec l'horizontalité. Ce sera un peu dur au début, j'irai progressivement. Se coucher pendant quarante ans, ça crée une addiction. Je redresserai mon lit d'un degré chaque jour. En quatre-vingt-dix jours, j'aurai atteint mon objectif en atténuant l'effet de manque.

XIII

Le coup du lit a précipité les choses.

L'autre soir, alors que je n'en étais qu'à trois degrés d'inclinaison, Marianne m'est tombée dessus.

— T'es complètement malade ou quoi ? Qu'est-ce que tu as fait avec le lit ?

— Je le redresse petit à petit.

— C'est quoi, cette nouvelle lubie... Et tu comptes aller jusqu'où, comme ça ?

— Jusqu'à la verticale, ai-je répondu en toute sincérité.

Elle est sortie de la chambre, les traits tirés, et s'est enfermée quelques minutes dans la salle de bains. Lorsqu'elle est ressortie, elle semblait relativement calme.

— Je pense que tu as pété ton dernier câble. Max, ça fait plusieurs semaines que je m'efforce de te ramener sur terre. J'ai tout essayé mais ton délire est plus fort que moi. L'autre jour, quand tu as voulu me faire gober cette histoire d'audience impromptue à Chambéry, j'ai cru que tu avais une maîtresse. Je devrais même dire que je l'ai espéré. Face à une autre femme, j'aurais au moins eu une chance de l'emporter…

Et, les larmes aux yeux, elle a ajouté :

— Je vais te quitter, et je vais le faire ce soir même. Je peux te l'avouer, je m'y prépare depuis quelque temps. Voilà plusieurs jours que je rapporte des affaires chez moi, sans que tu l'aies remarqué, tellement ton attention est polarisée sur ton nombril. Je n'en aurai pas pour longtemps, il ne me reste plus grand-chose à emporter…

Elle s'est affairée quelques minutes dans la chambre, avant de réapparaître, une valise dans chaque main.

— Je tiens à te dire que je t'ai aimé, ajouta-t-elle, et je t'aime encore, mais on est arrivés à un stade qui dépasse mes forces. Je suis très inquiète pour toi. Tu es rongé de l'intérieur. Chaque jour tu t'éloignes un peu plus, et je ne parle pas seulement de moi, mais du reste du monde. Tu négliges ton boulot, tu vas finir par faire péricliter ton cabinet. Qu'est-ce que tu vas devenir ? J'ai peur que tu aies atteint le point de non-retour. J'en suis arrivée à envisager que je suis la cause de ton déséquilibre. Si j'avais pu te faire un enfant, peut-être que ça t'aurait permis de reprendre pied dans la réalité. J'espère que mon départ te fera du bien, qui sait ? Je te le souhaite… En tout cas, sache que je serai toujours là pour toi, tu sais où me joindre.

Je n'ai même pas protesté. Je l'ai laissée partir, avec un serrement au cœur. J'avais beau en avoir émis le souhait chez mon psychiatre, ce départ m'a fait mal. Marianne était une femme formidable et j'étais vraiment le dernier des cons. Sept années de vie commune, ce n'est pas rien. J'aurais aimé pouvoir rester indifférent à cette rupture mais il me fallait admettre que j'étais loin du degré de maîtrise de mes émotions auquel j'aspirais. Ne rien éprouver est pourtant une condition nécessaire. On apprend bien à encaisser les coups à la boxe, c'est une question d'entraînement. Il va falloir que j'y parvienne moi aussi, tant pis pour les dégâts collatéraux. En l'état d'avancement de la science, les sentiments sont un luxe à proscrire.

Dans *L'Angoisse du roi Salomon*, chef-d'œuvre absolu de la littérature, Jeannot demande à Aline où se situe le juste milieu. Elle lui répond : « Quelque part entre s'en foutre et en crever. Entre s'enfermer à double tour et laisser entrer le monde entier. Ne pas se durcir, mais ne pas se laisser détruire non plus. Très difficile. »

Gary l'a bien compris, le plus sûr contraire de *crever*, c'est *s'en foutre*. Pas facile non plus. Ni très élégant, je vous l'accorde, mais en harmonie avec l'individualisme ambiant.

J'ai lu quelque part que le yoga n'était pas une discipline sportive ou posturale mais l'art de développer l'amour de soi. Plus fort encore que le yoga, le « raja yoga » est la science du contrôle du corps et de l'esprit. Toujours cette idée fixe de la « gestion du stress ». On est en plein dedans ! À en juger par le nombre exponentiel d'adeptes, ça n'a l'air de choquer personne. Ils accourent par millions apprendre à contrôler leur corps et leur esprit, pendant que moi je devrais laisser entrer le monde entier ? J'ai le droit de m'en foutre, comme les autres.

Dans l'espoir de réussir à digérer le départ de Marianne, je me suis inscrit au raja yoga. Pour 2 500 euros, j'ai effectué une retraite intensive de dix jours dans le Périgord, comprenant dix-huit séances de trois heures de méditation avec Hervé Gérard, un disciple de Krichnamacharya. À l'entrée de l'ashram, une affiche géante le présentait en compagnie du grand yogi, auquel il souriait d'un air complice. Hervé nous a montré comment diriger nos sens vers l'intérieur et les concentrer pour atteindre la méditation à l'aide d'exercices de respiration et de gymnastique. Il nous a fait asseoir en tailleur, face au mur qu'il nous fallait fixer vers le bas selon un angle de 45 degrés. Une demi-heure, le buste bien droit, sans bouger ni penser à rien. Lorsque la clochette a sonné, nous nous sommes rendus en file indienne et à pas comptés dans la salle des chakras pour un débriefing. Tous étaient parvenus au domaine de conscience supérieure, sauf moi. J'étais incapable de penser à rien, même face à un mur grisâtre, et ce, quel que fût l'angle sous lequel je l'observais. Hervé m'a proposé une ristourne de 20 % pour m'inscrire au module 1 d'introduction au yoga sutra de Patanjali, mais j'ai décliné son offre. Il fallait me rendre à l'évidence, je n'atteindrais pas le degré de conscience supérieure d'un yogi : je devais trouver un autre moyen de m'en sortir.

XIV

J'ai d'abord envisagé d'aller voir une pute et de lui proposer le marché. Quelques milliers d'euros, à définir, en échange d'une courte grossesse suivie d'un avortement, avec conservation de l'embryon sur mon compte « Surnumerus » à la Cryo Bank. J'en ai abordé une du côté de l'avenue Foch mais j'ai eu à peine le temps de lui expliquer ce que je voulais.

— Dis donc, chéri, y a écrit pute, là (elle joint le geste à la parole), pas location d'utérus ! Si tu veux tirer un coup, c'est cent euros, avec capote et vite fait !

Je suis reparti sous une flopée d'injures.

Depuis deux semaines, je fais le pied de grue tous les matins devant l'Institut Curie. La femme que je recherche m'est apparue dès le premier jour. Ce qui la caractérise, c'est son insignifiance. Exactement ce que je voulais. Surtout, pas de sentiments… Petite et maigre, mal assurée, dans les 35 ans, elle est coiffée d'un foulard, sans doute pour masquer les dégâts de la chimiothérapie. Pour le reste, elle porte un jean, un tee-shirt et des baskets, la panoplie parfaite de la femme invisible.

Elle arrive le lundi et le jeudi vers 9 heures, puis elle quitte l'institut aux alentours de 11 heures. Les yeux rivés au sol, elle se dirige vers la rue Gay-Lussac. Jeudi dernier, je l'ai suivie. Elle m'a conduit jusqu'à l'entrée du RER B à la station Luxembourg, où j'ai failli la perdre pendant que j'achetais un ticket. Mais je l'ai retrouvée sur la voie en direction de l'aéroport de Roissy au moment où le train entrait en gare. J'ai pu prendre place dans le wagon, sur le siège à la diagonale du sien. J'ai passé la demi-heure de voyage à l'observer, sans croiser une seule fois son regard. Nous sommes descendus à Drancy et elle m'a mené jusqu'au pied de son immeuble, 7, avenue Pasteur. Je me suis dit qu'entre Curie, Drancy et Pasteur cette jeune femme était marquée par le destin.

Je n'ai pas osé l'accompagner plus loin. J'ai pris place sur un banc, à l'angle de la rue, les yeux rivés sur sa porte d'entrée. Elle en est ressortie au bout d'une heure, est passée devant moi sans remarquer que je lui emboîtais à nouveau le pas. Elle s'est engouffrée dans une boulangerie puis elle a failli me percuter, sa baguette à la main, sur le chemin du retour vers son domicile.

J'avais l'impression de la connaître, bien que nous n'ayons pas échangé le moindre mot. Je me la représentais célibataire, aide-comptable, orpheline d'une mère morte elle-même d'un cancer du sein. Son père avait quitté sa mère depuis longtemps et se désintéressait d'elle. Elle avait peut-être une sœur, mariée, avec deux enfants, qui la méprisait avec une pointe de compassion, une paire d'amies qui l'appréciaient pour son malheur et sa discrétion. Deux ou trois aventures amoureuses, l'une avec un homme marié et plus âgé qu'elle, peut-être un ancien patron qui l'avait virée dès les premiers soupçons de sa femme. Son cancer du sein lui avait été annoncé dans la foulée avec un pronostic incertain. Elle avait considéré la nouvelle avec fatalité, presque comme une évidence, compte tenu de l'antécédent maternel. C'était son tour, voilà tout. Quelques mois plus tard, elle avait subi avec courage une ablation du sein suivie d'une chimiothérapie, en cours à l'Institut Curie. Elle vivait dans un petit deux-pièces, avec un chat, son dernier petit ami ayant pris ses jambes à son cou le jour où il a compris le sens du mot « mammectomie ».

Je suis rentré chez moi, rassuré par ce tableau lugubre que j'avais dressé d'elle, bien décidé à l'aborder à la première occasion. Avec une femme comme elle, j'étais tranquille. Aucun risque de tomber amoureux, je restais enfermé à double tour.

XV

J'avais repris place à mon poste habituel d'observation, en face du 26 de la rue d'Ulm. Il pleuvait en ce début juin, ce qui n'égayait pas la déjà triste bâtisse qui abrite l'hôpital Curie. Ma petite cancéreuse, fidèle au rendez-vous, est apparue furtivement derrière la porte vitrée, puis, sans me laisser le temps de réagir, a descendu les marches du perron pour s'engager sur sa droite, en direction de la rue Gay-Lussac, à petites et vives enjambées. Elle était tellement frêle qu'elle semblait passer entre les gouttes. Je suis parvenu à sa hauteur, essoufflé par l'effort produit pour la rejoindre.

— Excusez-moi de vous aborder ainsi, mademoiselle, mais j'ai une chose très importante à vous dire. Si vous vouliez m'accorder quelques minutes, nous pourrions prendre un café au Gay Lussac.

Elle poursuivait son chemin, sans me jeter un regard.

— Pardonnez-moi d'insister, je suis conscient de vous importuner… Croyez bien que je trouve cette situation fort désagréable, mais cela fait plusieurs jours que je souhaite vous parler…

Tout en articulant cette phrase d'une platitude affligeante, j'avais conscience de ne pas être à la hauteur de l'enjeu.

— C'est une question de vie ou de mort, ai-je ajouté, pris enfin d'une inspiration.

Ces dernières paroles l'ont arrêtée net. Elle m'a dévisagé avec application, comme si elle cherchait à déchiffrer un mode d'emploi dans mon regard. C'était la première fois que je l'observais d'aussi près. Son visage incliné vers l'arrière – elle m'arrivait à l'épaule – ruisselait de pluie. Malgré le fichu sur sa tête, son maquillage inexistant, ses yeux prosaïquement noisette, son nez aquilin et sa chétivité, j'ai éprouvé en la regardant un sentiment ambigu, mélange peu compatible d'indifférence et de désir.

— De vie ou de mort, dites-vous ? Vous êtes tombé sur une spécialiste !

Sa voix était enjouée. Un beau timbre de contralto.

— C'est mon jour de chance, lui dis-je sur un mode que je voulais désinvolte. Alors c'est d'accord ?

Nous arrivions devant le café. Elle y est entrée directement, sans se faire prier, a pris place à la première table avant de m'inviter à m'asseoir, d'un geste amical. J'étais surpris par son énergie. Elle n'était pas du tout comme je me l'étais figurée.

— Un cappuccino, fit-elle à l'adresse du barman. Et vous, qu'est-ce que vous prenez ?

J'ai demandé un café et me suis présenté.

— Je m'appelle Cathy. Eh bien, je vous écoute, Max… Qu'avez-vous à me dire de si important ?

J'étais sonné par sa détermination. Je l'avais choisie pour sa réserve supposée et voilà que je me trouvais face à une Liza Minnelli sortie tout droit de *New York, New York*.

Il n'est pas aisé d'expliquer à une parfaite inconnue que vous avez pris la décision de ne pas mourir, que l'un des moyens que vous envisagez pour y parvenir est la conception d'un embryon et que c'est sur ses ovocytes que vous avez jeté votre dévolu. C'est pourtant ce que j'ai fait.

Sa réaction fut aussi inattendue que le laissait prévoir son attitude jusque-là.

— J'aurais considéré en d'autres circonstances que c'est l'un des plans de drague les plus loufoques qu'on ait élaborés à ce jour. Mais je suis loin d'être la femme la plus séduisante du quartier, à moins que vous ne soyez un fétichiste de la calvitie féminine ou que vous ne souffriez d'une aversion pour les seins gauches. Et puis vous avez l'air sincèrement piqué. Je pense que vous m'avez réellement abordée dans l'insensée perspective de confectionner avec moi un embryon !

Elle marqua une courte pause, avant d'ajouter :

— Et vous vous attendez à quoi exactement ? Qu'en réponse à cette romantique déclaration je vous emmène par la main à l'hôtel le plus proche pour aborder la phase A ? À moins que vous n'envisagiez une méthode plus détachée. Vous me remettez un échantillon de votre précieuse liqueur séminale que vous aurez prélevé en fantasmant sur la femme que vous épouserez dans trois cents ans ? Il ne me restera plus qu'à procéder à une petite FIV, et comme ça je reste dans mon élément habituel, en milieu stérile !

Je décidai d'adopter le même ton.

— Bien vu ! Il faudra en passer par une fécondation *in vitro*, mais sachez que si ça dépendait de moi, j'aurais sauté sur votre première proposition... Il se trouve que j'ai toujours eu un net penchant pour les seins droits.

Je lui ai arraché son premier sourire. Deux petites fossettes se sont dessinées sur ses joues, lui donnant un petit air d'enfant espiègle.

— Être devenu dingue ne vous a pas fait perdre votre sens de l'humour, c'est toujours ça. Vous faites quoi, dans votre vie éternelle ?

— Je suis avocat, mais j'ai de moins en moins de clients. C'est normal, je consacre l'essentiel de mon temps à mes recherches. Heureusement que mes parents m'ont laissé un héritage confortable, sans quoi je serais sans doute à la rue.

— Écoutez, Max, vous êtes sympathique et je vous trouve même séduisant. Mais que voulez-vous que je vienne faire dans votre galère ? Vous ne pensez pas que j'ai suffisamment de pain sur la planche ? Je suis en pleine tempête, je prends l'eau de tous côtés. Je ne suis pas en état de me détourner pour porter secours à un homme à la dérive.

— Vous vous trompez. Je ne vous demande aucune aide, au contraire je vous en propose. L'embryon vous servira autant qu'à moi. Vous pourrez prélever les cellules dont vous aurez besoin.

Elle a pris un morceau de sucre, l'a délicatement posé sur le lait mousseux et, les yeux plongés dans son cappuccino qu'elle s'est mise à remuer avec précaution, a répliqué :

— J'aurais dû commencer par refuser de vous suivre dans ce café. Et maintenant, je devrais me lever et couper court à cette conversation. L'unique et mauvaise raison pour laquelle je ne le fais pas est que je suis sidérée par votre délire.

Puis elle a jeté son regard noisette dans le mien, avec un air de défi, en ajoutant :

— L'autre raison, sans doute plus sincère, est que je suis venue à Paris pour traiter cette saloperie et que je suis seule comme un chien. Depuis trois semaines, je n'ai réussi à parler qu'à la boulangère. Je reconnais que je ne transpire pas la joie de vivre mais tout de même, mon malheur n'est pas contagieux. Bref, j'ai l'impression que je ne suis pas en situation de faire la fine bouche au sujet de mes fréquentations. De là à engendrer un embryon avec le premier venu, il y a un pas…

— Si vous me l'accordez, la prochaine fois que nous nous verrons je ne serai plus le premier venu. Soyez sympa et dites oui. Je vous promets que je gagne à être connu.

Je venais de lui soutirer un deuxième sourire ainsi qu'un rendez-vous le surlendemain pour faire plus ample connaissance. Je ressentais cependant une sourde inquiétude. L'objectif de « s'en foutre » s'éloignait.

XVI

Et si je n'y parvenais pas ? Et si la survie n'était pas une affaire de volonté ?

Bien sûr qu'on meurt d'inadvertance. Mes parents en sont un exemple accablant. Mais à maladie égale, il y en a qui survivent des années là où d'autres succombent en quelques heures.

« Il était fatigué de vivre », « Elle a cessé de lutter », « Il s'est laissé mourir », voilà des expressions réconfortantes. Il y aurait donc moyen de s'accrocher à la vie, pour se maintenir.

Et si cela ne suffisait pas ? Et si, même en épiant chaque seconde qui passe, en comptant chaque battement de son cœur, la mort parvenait à se faufiler par je ne sais quel interstice ? Par effraction et de nuit. Car dormir debout, c'est encore dormir. Un moment d'abandon, de parfaite vulnérabilité. Il fallait trouver une parade, un système à la manière de ces sociétés de télésurveillance qui vous alertent dès que quelqu'un s'introduit chez vous. Comment n'y ai-je pas pensé plus tôt ? Faire appel à un veilleur de nuit, voilà la solution. Il suffira de trouver une personne de confiance, par les temps qui courent, les candidats ne manquent pas.

J'ai fait paraître une petite annonce dans *Le Figaro*, du genre sobre : « Cherche veilleur de nuit, horaires à déterminer, contacter M. Durant à l'adresse suivante… » J'ai calculé que cela me coûterait l'équivalent de deux Smic, mais l'enjeu est d'importance et puis j'ai les moyens.

Dès le lundi suivant, j'ai trouvé sous ma porte quelques dizaines de lettres qu'il est convenu d'appeler « de motivation ». Toutes étaient accompagnées de *curriculum vitæ*, pour certains bien garnis. Il y avait des bacs + 4, des élèves infirmiers et même quelques étudiants en médecine. D'autres se présentaient comme insomniaques chroniques, certains avec des tests de sommeil à l'appui effectués dans des cliniques spécialisées. Il y avait là des postulants de tous âges et de toutes conditions.

Je leur ai donné rendez-vous à tous, et le vendredi suivant une file de candidats s'est formée devant ma porte. La queue s'étirait jusque dans la rue. J'ai dû faire face aux récriminations des copropriétaires, fâchés de croiser ce cortège hétéroclite. Des Noirs, des Arabes, des punks, ça ne fait pas propre du côté du parc Monceau. J'avais fixé l'entretien d'embauche chez moi à 14 heures, une très mauvaise idée. Certains s'étaient assis sur les marches de l'escalier, déballant leur sandwich, pendant que d'autres fumaient en attendant leur tour. Après les frasques de Marianne, cet épisode n'a pas amélioré ma réputation dans l'immeuble.

Je les recevais, les uns après les autres. Ma seule exigence était qu'ils me convainquent de leur capacité de veiller des nuits entières. La première, Eirene, une Philippine de 35 ans, vivait avec un mari violent. Elle en était devenue insomniaque. Les nuits passées à me veiller seraient autant d'occasions d'échapper aux coups. L'argument de Keshava, un Indien quinquagénaire, était plus professionnel. Il avait été gardien de nuit dans un hôpital à Bombay. Avec une trentaine d'admissions en moyenne chaque nuit, il n'avait jamais disposé d'une minute pour dormir. Il n'avait eu aucun mal à soutenir ce rythme, une sorte de prédisposition, précisa-t-il. Carole ne dormait pas pour une tout autre raison. Elle était atteinte du syndrome des jambes sans repos qui la contraignait de rester debout la moitié de la nuit. Pour ce qui était de l'autre moitié, elle se faisait fort de se maintenir éveillée à coups de café bien corsé.

Rassurez-vous, je ne vais pas vous détailler le profil de chacun des candidats, ils étaient trop nombreux. Le cas de Ron mérite tout de même une mention spéciale. Cet Israélien d'une trentaine d'années avait développé, pendant ses années de service militaire, une technique très personnelle pour ne pas s'endormir. Lorsqu'il était de garde de nuit, il se badigeonnait d'eau de Cologne. « Avec ce que je me tartine, vous pouvez être tranquille, je ne suis pas près de fermer l'œil. » Se parfumer contre le sommeil, l'idée était géniale bien qu'envahissante. Ça m'a rappelé un cours à la faculté de théologie de Lyon sur l'odeur de sainteté. Sainte Thérèse d'Ávila et plus près de nous saint Padre Pio exhalaient, disait-on, ce parfum mystique, synonyme de sanctification avec son corollaire, la vie éternelle. S'agissant de Padre Pio, il est mort en 1968, il doit y avoir encore des témoins. Je me demandais si, avec les moyens modernes dont on dispose, il n'était pas possible de reproduire cette odeur et de s'en imprégner. Vous me direz qu'odeur de sainteté ou pas il est mort et enterré, Padre Pio. Et même si sa tombe dans les Pouilles est l'objet de pèlerinages et que ses chances de résurrection sont supérieures aux miennes, cette affaire n'offre aucune garantie.

J'ai finalement choisi Keshava pour son professionnalisme et Carole pour ses jambes sans repos. Ils allaient alterner et cette double embauche me procurait un avantage stratégique. En privant l'ennemi de tout effet de surprise, j'espérais avoir remporté une bataille à défaut de la guerre.

La nuit suivante je n'ai pas réussi à m'endormir. Je pensais à Cathy et à son courage face à la maladie par contraste avec ma trouille paroxystique de la mort. Sur le coup de 3 heures du matin, j'ai entendu les ronflements de Keshava qui dodelinait de la tête sur sa chaise. Il s'est réveillé en sursaut à mon approche en me jurant qu'il ne dormait pas. Comprenant qu'il était peu crédible, il s'est excusé mille fois, me promettant que cela ne se reproduirait plus. Il m'a supplié de le garder, il n'avait pas où se loger. Devant mon hésitation, il s'est proposé de doubler la surveillance. Pour le même prix, il ferait venir son cousin, un maître yogi capable de veiller trois jours et trois nuits d'affilée.

Je l'ai gardé tout en déclinant son offre. Je n'avais nul besoin d'un deuxième Indien somnolant dans ma chambre. Keshava était un garçon attachant, qui s'est révélé meilleur cuisinier que veilleur de nuit. S'agissant de Carole, elle semblait remplir son contrat mais je n'étais pas sûr qu'elle pourrait tenir sur le long terme.

De toute façon, je commençais à douter de la solidité de mon échafaudage.

XVII

Un truc qui m'amuse chez mon psychiatre, c'est sa façon de dissimuler sa réprobation. Il adopte un masque d'ennui, avec moue et œil vague à l'appui. « Et alors ? » vous dit mollement son visage. Par sa posture, il semble vous engager à changer de sujet, comme s'il vous invitait à le suivre ailleurs. « Vous vous égarez », fait-il avec une mine de circonstance.

C'est l'air dont il me gratifiait pendant que je l'informais de mes derniers exploits.

Il faut dire à sa décharge que le mois qui s'est écoulé fut particulièrement fertile en rebondissements. J'ai rompu avec Marianne, entrepris Cathy, placé mon lit à la verticale et, pour finir, je viens d'embaucher deux veilleurs de nuit. Cela fait beaucoup pour un homme chargé de remédier aux désordres psychiques.

— L'autre jour, lui dis-je, j'ai eu une attaque de panique dans le métro. Je ne sais pas ce qui m'a pris, mais je me suis adressé aux passants, un à un, en leur déclamant : « Je m'appelle Max Durant, avec un "t", je vous prie de vous en souvenir… il s'agit d'une information de la plus haute importance ! » J'ai dû accoster comme ça une centaine de personnes. Je devais ressembler à un personnage traqué de Hitchcock, mais ça m'a calmé. Au bout d'un moment, j'ai même ressenti une sorte de bien-être. Il fallait que je laisse une empreinte et c'est tout ce qui m'est venu.

— Une sorte de matraquage publicitaire, dit-il.

— Chacun fait ce qu'il peut, docteur ! Si vous avez mieux, n'hésitez pas à me le dire.

Je lui rapportai pour finir une anecdote qui m'avait marqué. Tous mes interlocuteurs cherchaient à m'éviter. Dans le meilleur des cas, je leur arrachais un sourire gêné. Sauf un. Un type, la quarantaine comme moi, m'avait tendu une main chaleureuse, en répliquant : « Moi, c'est Stéphane Villemont, avec un "t" également, mais vous pouvez l'oublier, ça n'a strictement aucune importance ! »

— Vous voyez, il y en a qui ne font pas toute une histoire de leur petite personne ! me lança-t-il.

— Parce que vous la trouvez petite, votre personne, docteur ? À en juger par les honoraires que vous pratiquez, ce n'est pas l'impression que vous donnez !

Il parut contrarié mais tenta de dissimuler son malaise.

— Ce que vous me payez, monsieur Durant, c'est le prix que vous attachez à votre parole.

— Décidément, il est bien ficelé votre business !

Avant de mettre fin à notre entretien, il m'a proposé de me prescrire du Seroplex, un antidépresseur légèrement sédatif. Cela mettrait fin à mon agitation.

— Merci, docteur, c'est gentil à vous mais je préfère l'agitation.

Il me raccompagna à la porte avec un air consterné.

XVIII

Nous étions convenus de nous retrouver vers 15 heures au Gay Lussac. Cathy m'attendait, assise à la même table, un cappuccino à la main. Elle m'accueillit d'un « Comment ça va, l'éternel, aujourd'hui ? ».

En guise de réponse, je lui tendis un paquet cadeau contenant un bandana bordeaux que j'avais trouvé le matin même dans une boutique du quartier.

Cathy esquissa un geste de refus.

— Vous pouvez accepter sans vous compromettre, lui dis-je. Ce n'est qu'une minuscule attention.

Elle défit l'emballage et ses traits se détendirent au contact du coton.

— Vous savez, avec ma cote actuelle, j'ai de bonnes raisons de me méfier. Je vaux certainement moins que ce bandana sur un marché aux esclaves. Enfin, passons aux choses sérieuses. Je suis curieuse de connaître la suite du plan alambiqué que vous nous avez mitonné ?

Je lui expliquai que son cancer la rendait éligible à un programme de fécondation *in vitro*. La loi autorisait dans son cas le prélèvement d'ovocytes et la congélation d'embryons. Le problème que je n'avais pas résolu était celui de la récupération des embryons pour les créditer (c'est le terme consacré à la Cryo Bank) sur notre compte. Car bien entendu, j'ouvrirai un compte commun de manière qu'elle dispose comme moi d'un stock de cellules souches embryonnaires indifférenciées. Cela pouvait signifier pour elle une reconstitution naturelle de son sein gauche et pour moi, par exemple, un foie de rechange.

— Dites donc, Frankenstein, m'interrompit-elle, occupez-vous de votre foie de substitution si le vôtre ne vous suffit pas, mais veuillez laisser mes seins en dehors de cette affaire !

Elle ajouta qu'en dépit de son cancer elle n'aspirait nullement à l'immortalité.

— Vous êtes-vous imaginé un instant, à 653 ans ? À quoi un homme de cet âge passe-t-il une soirée ordinaire ? Au lit, avec une petite jeunette de 70 ans, ramassée en boîte, sa nouvelle quéquette fraîchement régénérée à coups de cellules souches au garde-à-vous ? À moins qu'il n'aborde la 20750e page de ses Mémoires ?

— Peut-être bien, Cathy. Mais vous ne semblez pas avoir envisagé que ce vieillard aura conservé la faculté de mettre fin à ses jours. S'il en a marre, il est libre de tirer sa révérence.

— L'instinct de survie, Max ! Il est bestial. Lorsqu'on ouvrait la porte de la chambre à gaz, c'est sur le haut de la pile, là où l'oxygène se raréfiait en dernier, qu'on retrouvait le cadavre des hommes les plus vigoureux. Alors le suicide comme alternative, surtout chez un dingue de votre espèce, pardon, mais j'ai du mal à y croire. Vous pouvez me faire confiance, je passe des heures dans la salle d'attente en compagnie d'autres cancéreux. On s'observe en se demandant à quel stade en est le voisin. Il y a quelques jeunes, comme moi, mais la plupart ont passé 60 ans, et il y a une belle proportion d'octogénaires, voire pire. Eh bien, ils s'accrochent tous, sans exception. Vous me faites marrer avec votre « liberté de tirer sa révérence » ! Allez revoir *On achève bien les chevaux*. Même avec son tempérament de feu, Jane Fonda n'arrive pas à appuyer sur la gâchette sans l'aide de son partenaire. Quant à Romain Gary ou Stefan Zweig, on n'est pas de cette trempe…

C'était bien vu, mais pas assez pour me convaincre. Si on n'avait pas l'étoffe pour mourir, et Dieu sait que de ce point de vue j'étais nu comme un ver, alors on n'avait qu'à continuer à vivre, ce n'était pas la mort, après tout !

Elle a ri, et pour la première fois elle m'est apparue désirable. Je l'observai avec attention. Ses yeux pétillaient d'intelligence. Son rire était franc et même un peu enfantin. Il émanait d'elle une formidable énergie vitale, malgré son apparente fragilité. Je me surpris à m'imaginer en train de la déshabiller. Je me vis face à elle, nue et chauve, me souriant dans une position suggestive. Loin de me révulser, cette vision me troublait. J'avais envie d'elle et je commençais à l'éprouver physiquement.

Elle coupa court à ma rêverie en commandant un autre cappuccino. Pour reprendre contenance, je l'interrogeai sur sa vie.

— Avant mon cancer, j'étais prof d'histoire dans un collège à Ganges, dans l'Hérault. Ils m'ont loupée à l'hôpital de Montpellier, alors ils m'ont envoyée à Paris pour un nouveau traitement expérimental. Comme vous pouvez le constater, j'adore les nouvelles expériences !

Elle avait 33 ans, une sœur plus âgée qu'elle mariée à un inspecteur des impôts avec deux enfants, un garçon et une fille. Le couple vivait en Bretagne dans la même maison de poupée que celle à laquelle elles jouaient, enfants. Il était hors de question de les perturber avec son cancer, ni sa sœur ni son beau-frère n'étaient outillés pour ce genre de malheur. Lui était imbattable en matière de fuite d'eau ou de panne électrique, elle était la reine de la chaussette reprisée, mais un cancer… avec ça ils ne savaient pas faire.

Sa mère était morte dans un accident de voiture, une histoire que nous avions en commun, lui ai-je dit. Contrairement au mien, son père avait survécu. Il s'était remarié à une horrible mégère auprès de laquelle il expiait son crime. Il voyait ses filles le moins possible, car elles le renvoyaient à cette faute inexcusable et de toute façon la mégère ne voulait pas entendre parler d'elles.

Son dernier compagnon, un certain Patrick avec qui il avait été question de mariage, l'avait quittée pour une autre, juste avant l'annonce de sa maladie. Heureusement, précisa-t-elle, car il aurait été capable de rester par compassion, et cette pensée l'avait horrifiée.

— Vous avoir rencontré est une bénédiction, poursuivit-elle. Vous êtes ma première distraction depuis l'annonce de ma maladie. Avec vous, je suis sûre de converser avec quelqu'un qui me considère autrement qu'un objet de recherche. Et qui ne risque pas de s'apitoyer sur mon sort, vous êtes trop préoccupé par le vôtre !

— Êtes-vous en train de me dire que vous acceptez ma proposition ? tentai-je.

— Dites donc, Mathusalem, vous allez un peu vite en besogne ! Ce que je suis en train de vous dire, c'est que votre histoire de fou me divertit et que, dans mon état, la moindre récréation est précieuse.

Nous convînmes de nous revoir. Cathy n'excluait pas de m'offrir des ovocytes, pour me faire plaisir, et aussi, avoua-t-elle sans fausse pudeur, pour s'assurer mon amitié.

Elle était intelligente, d'une franchise désarmante, et j'avais beau en écarter l'idée, je sentais bien qu'elle ne m'était pas indifférente. Moi qui avais décidé d'en finir avec les sentiments, je recommençais à éprouver le plus intense d'entre eux. Et pour couronner le tout, je tombais amoureux d'une femme en danger de mort.

XIX

Ma troisième rencontre avec Cathy n'eut pas lieu au Gay Lussac, mais au Wizz, un restaurant chic du 17e arrondissement, pas loin de chez moi. Désormais, nous nous tutoyions et étions en possession de nos numéros de portables respectifs.

Elle m'avait prévenu du fait que, depuis le début de sa chimiothérapie, la seule évocation d'un restaurant lui causait des nausées. Elle viendrait néanmoins pour le plaisir de ma compagnie, mais son repas se réduirait à une salade légère accompagnée d'un Coca zéro.

Lorsque je suis arrivé, elle était déjà installée, le bandana que je lui avais offert soigneusement noué sur la tête. À ma grande surprise, elle tenait à la main un verre de vin rouge. Elle me lança un « Salut, Mathusalem » enjoué, avant de m'asséner qu'elle avait une bonne et une mauvaise nouvelle à m'annoncer.

— La mauvaise, c'est qu'ils ont mis fin à ma chimio la semaine dernière. Elle ne prend pas…

Puis, sans même me laisser le temps de blêmir, elle enchaîna :

— La bonne, c'est que je vais pouvoir dîner normalement !

J'avais beau essayer de me répéter que cette femme m'était pratiquement étrangère, je ressentis un véritable choc. Elle ajouta, l'air impassible, que son cancérologue l'avait convoquée pour l'informer. Il n'y avait selon lui aucun traitement de substitution. La radiothérapie était inenvisageable compte tenu de l'état d'avancement de la maladie. Cathy souffrait de métastases osseuses aux côtes. Selon le chimiothérapeute, son espérance de vie se limitait à six mois, mais la médecine n'était pas une science exacte et personne n'était à l'abri d'une bonne surprise.

Pendant qu'elle me faisait part de ces nouvelles calamiteuses, elle consultait négligemment le menu et ponctua cette funeste information par un petit signe en direction du serveur.

Je fus le premier surpris par ma réaction. J'allai m'asseoir à ses côtés et l'embrassai, presque violemment, sans le moindre égard pour le garçon qui avait répondu à l'appel de Cathy avant d'être bousculé par mon élan passionné. Elle ne répondit pas défavorablement à ce baiser, mais ne manifesta pas non plus d'effusion.

Je la suppliai d'aller consulter un autre spécialiste, lui dis qu'elle ne devait pas abandonner la partie, qu'en un mot je l'aimais et que, ne serait-ce que pour cette raison, elle n'avait pas d'autre choix que de tenir le coup.

— Je me demande si c'est de la mourante ou de la mort que tu es amoureux, répondit-elle d'un air pensif.

— Quelle importance ? lui rétorquai-je.

— Tu as raison. C'est juste que, comme la plupart des femmes, je préfère être aimée pour moi-même. Enfin, au stade terminal où j'en suis, je n'en ferai pas une affaire d'État.

Lorsque, à la fin du dîner, je proposai à Cathy de passer chez moi prendre un verre, elle s'excusa d'accepter mon offre aussi facilement mais, précisa-t-elle à sa décharge, elle n'avait pas le temps de minauder.

Nous marchâmes la main dans la main, comme deux adolescents, jusqu'à mon appartement. La vision de mon lit vertical et, plus encore, mes explications à son sujet la remplirent de joie. Elle me remercia à nouveau pour la formidable récréation que je lui offrais.

J'appelai Keshava, mon veilleur, désormais cuisinier du vendredi, afin de le décommander pour la nuit, sous le regard goguenard de Cathy.

— Tu es un poète, me souffla-t-elle quand j'eus raccroché.

— Un combattant, rectifiai-je, un peu vexé.

— C'est ça, un combattant. Comme Don Quichotte ! conclut-elle.

Nous fîmes l'amour pudiquement. Cathy refusa de se déshabiller, malgré mon insistance, me détournant la main chaque fois que je risquais de m'approcher de ses seins. Quand je me fus soulagé en elle,

elle me dit en souriant : « Le plus drôle c'est que tu vas peut-être finir par l'avoir, ton embryon ! »

Elle ne prenait aucun contraceptif et ne disposait pas du temps nécessaire pour mener une grossesse à terme.

— Je suis la candidate idéale, tu as tiré le gros lot !

Nous passâmes la nuit allongés côte à côte sur le canapé-lit du salon.

— Écoute, Max, m'annonça-t-elle au petit matin, je vais tâcher de t'aider du mieux que je pourrai pendant les quelques mois qui me restent. J'ai un ami d'enfance, Clément, qui est obstétricien à Ganges. L'homme de la situation. Allons le voir, il saura se montrer compréhensif. J'en profiterai pour te montrer un coin magique dans les Cévennes que j'aimerais beaucoup revoir.

S'agissant de mon lit vertical et de mes veilleurs de nuit, je pouvais leur accorder une ou deux semaines de vacances à eux aussi.

— Je serai ta Sanchia Panza.

XX

Nous prîmes le TGV pour Nîmes puis une voiture de location pour gagner Ganges, où nous avions rendez-vous au café Le Riche avec le fameux Clément. Elle avait écrit à son ami d'enfance et il savait à quoi s'en tenir. Il se montra ostensiblement désagréable à mon égard.

— La folie, j'en connais un rayon, me dit-il avec sévérité. Je suis homosexuel et, dans une petite bourgade comme Ganges, ce n'est déjà pas rien. Mais vous alors, vous exagérez ! Vouloir soutirer un embryon à Cathy, dans l'état où elle est, c'est de la maltraitance.

Cathy vola à mon secours.

— Calme-toi, Clément. Je suis une grande fille qui vit sa dernière et peut-être même sa première histoire d'amour. « On n'est pas là pour se faire engueuler, on est mort, il est temps qu'on rigole », fredonna-t-elle.

Boris Vian extorqua un sourire aux lèvres jusque-là crispées de l'ami d'enfance. Il nous exposa qu'il fallait passer par un prélèvement d'ovocytes, sous anesthésie générale, puis par leur fécondation. Si tout allait bien, la cellule prélevée donnerait un embryon complet. La maladie de Cathy l'autorisait à postuler pour ce type d'intervention. Il s'arrangerait pour faire examiner sa demande par la commission *ad hoc* et lui obtenir une place en vue de l'intervention si elle persistait dans son intention, ce qu'il lui déconseillait à nouveau. Cathy l'embrassa sur les deux joues tandis qu'il me jetait un regard désapprobateur par-dessus ses épaules.

Nous prîmes la direction de Saint-Martial, un petit village en colimaçon accroché à la montagne cévenole du côté du col de l'Asclier. Là, une petite route sinueuse nous conduisit sur le flanc du mont Liron, à un lieu-dit composé de trois petits mas restaurés à l'aide des pierres d'origine. L'endroit totalement sauvage semblait coupé du monde extérieur. Il offrait une vue féerique sur une double chaîne de montagnes qui s'étiraient paisiblement au sud. Le soleil, déjà implacable en ce début d'été, faisait ressortir des senteurs provençales, de thym, de romarin et de sauge. Au nord, le mont Liron nous surplombait, affectueusement. Un chemin escarpé, à travers le maquis, menait à un torrent, le Rieutord, qui s'écoulait jusqu'à l'Hérault, une vingtaine de kilomètres en aval. Sur son passage, il formait des gourds, piscines naturelles d'eau transparente et froide, au milieu de roches plates et brûlantes. C'est dans ce décor d'Éden que Cathy se déshabilla pour la première fois, dos à moi mais sans pudeur. Elle ôta son bandana et plongea, nue, dans l'eau glacée. Elle me faisait face, chauve, mutilée et joyeuse. Je fus pris d'une attirance irrésistible.

Je me jetai à l'eau sans réfléchir. Je couvris son crâne nu de mille baisers. Je lui murmurai « mon Amazone » tout en la transportant face à moi, ses jambes nouées autour de ma taille, avant de l'allonger sur la roche bien chaude et de la prendre sans ménagement. Elle jouit, pour la première fois, en pleurant. « C'était bien », me glissa-t-elle, le visage souriant et les traits tellement détendus qu'elle aurait pu n'être ni mourante ni même atteinte d'un cancer. Nous regagnâmes la maison par un sentier escarpé. Cathy, affaiblie par la maladie, s'arrêtait de temps en temps pour reprendre sa respiration. La femme que j'aimais et que je désirais était à la porte de la mort. À travers elle, je côtoyai l'ennemi plus près que jamais et je ressentais toute l'urgence qu'il y avait à l'arrêter, coûte que coûte.

C'était la première semaine de l'été, celle où, tous les ans, Big Little Bird venait dans le hameau proposer son stage d'initiation à la culture lakota. Cathy a insisté pour que j'y participe.

— Si une folie peut en soigner une autre, tu risques d'en sortir guéri.

Je relevai le défi. Malgré ma claustrophobie chronique, je me suis soumis à la première épreuve de purification : la hutte de sudation. Il s'agissait d'une espèce de tipi réunissant une dizaine d'hommes assis en cercle et en slip autour d'un tas de pierres. Le chef est entré le dernier, la tête couronnée d'une coiffe traditionnelle sertie de plumes. Il portait autour du cou un collier de cuir auquel était suspendu un pénis de bison séché en guise de médaillon. Il a adressé un mot de bienvenue au Grand Esprit, dans la langue lakota, puis il a fermé la porte de la hutte, nous plongeant dans le noir complet. Il a renversé un seau d'eau sur la pierre brûlante et une intense vapeur s'est abattue sur l'assemblée. Pendant que je suffoquais, en slip, dans l'obscurité, les participants ont entonné le chant sacré des Quatre Directions, rythmé par le tambour chamanique du chef. Impossible de sortir de la hutte avant la « première porte », que le maître de cérémonie n'ouvre qu'au bout de longues minutes de supplice. Une fois libéré de cette fournaise, je me suis aligné à quatre pattes avec les autres pour signifier au Grand Esprit que je me rangeais au rang des animaux parmi les animaux. Je suis sorti de cette expérience plus cuit que purifié. Cathy m'attendait, pas très loin de la hutte, le sourire aux lèvres.

— Alors ? m'a-t-elle nargué. Qu'as-tu pensé de notre grand manitou ?

La vapeur d'eau m'avait tellement brûlé la peau que, la nuit venue, le seul frôlement du drap m'était insupportable. Cathy a voulu faire l'amour. Elle n'avait plus une nuit à perdre, se justifia-t-elle. J'ai souffert le martyre mais j'ai assuré sans rien dire, son plaisir me faisant office d'antalgique.

Le lendemain j'ai suivi la formation à la « quête de vision ». C'est un autre rituel consistant à s'isoler dans un coin de nature sauvage d'où l'on ne pourra s'extraire sous aucun prétexte pendant trois jours et trois nuits. Le seul équipement autorisé est une trousse de premiers secours et une gourde d'un litre d'eau. Pendant ce temps d'abstinence, il faut se mettre à l'écoute des signes adressés par les forces de la nature. S'ouvre alors un espace magique à travers les ombres des arbres et des feuilles. Les esprits peuvent enfin se manifester et le quêteur renaît, purifié et plus fort spirituellement.

Nous avons dîné ce soir-là en compagnie du chef. Jean-Philippe Loiseau était devenu Big Little Bird il y a une dizaine d'années au cours d'un pèlerinage dans le Dakota. Il y avait sacrifié au rite de la Danse du soleil, un cérémonial de quatre jours à base de scarifications et de déshydratation. Quatre jours sans boire ni manger, à piétiner la terre sablonneuse face au soleil d'été, au rythme des tambours. Conformément au rituel sioux, il s'était transpercé la peau sous les pectoraux à l'aide d'un couteau pour y insérer une lanière en cuir avec laquelle il s'était attaché à l'arbre sacré. Il a fallu ensuite qu'il se jette violemment en arrière pour s'en libérer, en s'arrachant la chair, avant d'être relevé par l'homme-médecine et allongé sur un lit de sauge jusqu'à la cicatrisation de ses plaies. C'est à ce prix qu'il fut adoubé chef et que son âme purifiée fut acceptée par les esprits. Pour conclure le récit de son épopée, il a ouvert sa chemise sur les impressionnantes cicatrices ornant son torse, attestant sa bravoure.

J'ignorais que la pureté était une telle obsession chez les Sioux. Décidément, on dirait que c'est la préoccupation principale de toutes les religions. Je m'en suis étonné, mais pour Big Little Bird cela ne faisait que conforter le caractère essentiel de la purification. Je n'ai pas pu m'empêcher de lui demander si l'idée fixe des nazis au sujet de la pureté de la race aryenne le confortait de la même manière.

Cela n'a aucun rapport, a-t-il protesté en haussant les épaules, les Sioux étaient des victimes, au même titre que les Juifs. Sans doute un peu vexé par ma remarque, il a changé de sujet et nous a demandé ce que nous étions venus faire dans les Cévennes. Je me suis efforcé de lui résumer notre histoire, qu'il a écoutée les yeux mi-clos. Après un court silence, il a joint les deux mains sur son front et a proclamé :

— Toute l'eau de la mer ne va qu'aux genoux de l'homme qui ne craint pas la mort.

Il a laissé tomber ses bras avant de préciser :

— Ce n'est pas de moi, mais de Crazy Horse.

Pour me libérer du mauvais esprit qui m'habitait, Big Little Bird m'a offert de participer le week-end suivant à la quête de vision. Je l'ai remercié de cet honneur, mais j'estimais en avoir suffisamment vu.

XXI

L'intervention fut fixée la semaine suivante.

Je me répétais que la morale ne s'était jamais accommodée des entreprises révolutionnaires. Combien de cobayes tués avant la mise au point de la transplantation cardiaque ? Et tout ça pour quoi ? Un petit sursis, rien de plus. Alors, la recherche de l'immortalité ne valait-elle pas quelques sacrifices ? Sans doute, mais la donne avait changé : j'étais amoureux du cobaye.

Nous dînions au Lou Regalou, un restaurant gastronomique de Saint-Martial.

— N'y va pas, Cathy, la suppliai-je.

Elle fit semblant de ne pas comprendre et je lui répétai que je ne voulais plus de cette opération.

— Qu'est-ce qui t'arrive, Max ? Si je ne m'occupe pas de tes pièces de rechange, qui le fera ?

Il y avait, comme toujours, de la malice dans son regard, mais aussi quelque chose de maternel. Elle versa dans nos verres le vin qui venait de nous être apporté, comme pour signifier que le débat était clos.

Décidée à passer à autre chose, elle me promit de m'emmener me baigner le lendemain dans un coin sauvage qu'elle était la seule à connaître. Il se trouvait en amont de Ganges, sur les bords de la Vis, un affluent encore peu fréquenté de l'Hérault.

— Quand je t'ai proposé ce marché, je ne savais pas qu'une telle intervention pouvait être dangereuse dans ton état, tentai-je à nouveau.

— Mon petit Don Quichotte, sache que dans mon état, plus rien n'est dangereux ! C'est même l'un des rares avantages que je peux en tirer ! Prendre des risques ne s'est jamais révélé aussi peu risqué pour moi.

— Ton copain, Clément, n'a pas l'air de partager ton point de vue.

L'avis de Clément ne comptait pas. Elle avait pour lui une grande affection, mais il n'avait pas voix au chapitre dans cette affaire. J'insistai encore. Je l'aimais et cela changeait tout. En guise de réponse, elle me donna un baiser appuyé, en me susurrant à l'oreille quelques promesses lubriques.

— Tu ne comprends pas, Cathy. J'essaie de te dire que la vie sans toi me sera insupportable.

— Si tu dois vivre plusieurs milliers d'années, il va falloir te faire à l'idée de te passer de pas mal de monde !

Sidéré par sa bonne humeur, je ne pus réfréner cette question stupide :

— Tu n'as pas peur de mourir ?

— Si, bien sûr, mais beaucoup moins que toi. C'est ça l'avantage d'avoir eu une vie de merde ! Et puis j'ai bien plus peur encore de souffrir. Avec un peu de chance, cette intervention m'épargnera les épreuves qui m'attendent. Sinon, l'anesthésie générale m'aura tout de même offert une petite récréation.

Il était impossible de lui parler sérieusement. Et pendant que la patronne nous servait le filet de cabillaud en croûte de cacao amer, elle se mit à me faire du pied sous la table. En réponse à mes molles protestations, elle me déclara, ses yeux noisette plongés dans les miens, que le peu de temps qu'il lui restait à vivre, elle avait décidé de le consacrer à me faire l'amour. Pendant qu'elle me parlait, je remarquai qu'elle avait fait l'effort de se maquiller, pour la première fois depuis que je l'avais rencontrée. Malgré la maladie qui la rongeait, elle était belle et follement désirable.

Vint le jour où il fallut la conduire à l'hôpital. Je portai les affaires de Cathy dans la voiture que j'eus le plus grand mal à faire démarrer.

— Dis donc, Maxou, se moqua-t-elle, tu ne vas quand même pas me faire le coup de la panne ? Ce n'est pas le moment !

À moins d'un kilomètre de notre point de départ, à hauteur du petit pont de pierre qui surplombait le torrent, Big Little Bird surgit du maquis, tel un chevreuil, en nous faisant signe de nous arrêter. Il était venu offrir à Cathy un sifflet en os d'aigle, de fabrication lakota authentique.

— Il sert à demander de l'aide aux énergies supérieures, lui dit-il. Tu as de la chance, ce soir c'est la pleine lune. Souffle dedans de toutes tes forces et tu bénéficieras de leur protection.

Cathy sortit un instant de la voiture pour l'embrasser. Il fit un geste de bénédiction dans notre direction et je redémarrai vers Ganges.

Je ne tentai même plus de la dissuader. Elle souriait dans la voiture comme si nous partions en vacances. Lorsqu'elle me demanda de faire un arrêt sur un parking en bordure de la route, j'obtempérai. Je me doutais, la connaissant, du genre de besoin qu'elle voulait satisfaire et, à ma grande surprise, je me montrai à la hauteur de ses attentes. Je n'étais pourtant pas d'humeur à la gaudriole. J'étais honteux de la désirer dans un tel moment, mais elle semblait heureuse. Cathy était en transe, se déhanchait dans tous les sens, enchaînant les orgasmes. Elle se retira juste avant le mien qu'elle guettait en me fixant avec avidité. On aurait dit qu'elle était possédée. Pendant que je me répandais entre ses mains, l'idée que j'étais le démon qui la possédait me traversa l'esprit avec fulgurance.

— Il était temps, dit-elle en riant. Encore un peu, j'arrivais souillée à l'opération !

Elle s'éclipsa quelques minutes dans les toilettes du parking pour se « refaire une beauté », et nous reprîmes la route de l'hôpital. Cathy tentait de me rassurer. Elle me jurait qu'elle était heureuse. Elle le savait, sa vie se prolongerait à travers la mienne, la mort ne lui était jamais apparue aussi insignifiante qu'aujourd'hui…

Lorsque l'anesthésiste est venu la chercher dans la salle d'attente, elle s'est levée d'un bond sans me laisser le temps de l'embrasser. Elle m'a fait un petit clin d'œil, la flûte de Big Little Bird à la main, et m'a dit « à demain ».

Je devais quitter l'hôpital, qui fermait ses portes aux accompagnateurs. J'avais réservé une chambre à La Maison du Loup, où je me suis rendu avec le sentiment confus que le loup, en l'occurrence, c'était moi. Arrivé à l'hôtel, j'ai envoyé un SMS à Cathy pour lui rappeler que je l'aimais. Elle m'a répondu : « Ne t'inquiète pas, j'ai ma flûte enchantée avec moi… Dors bien. Sanchia Panza. » Incapable de fermer l'œil, j'ai passé la moitié de la nuit à errer dans les rues désertes de Ganges. J'étais tellement désespéré que si l'église Saint-Pierre avait été ouverte, j'y aurais allumé un cierge à sainte Rita, la patronne des maladies incurables. Je me suis toujours étonné que les églises ferment la nuit. C'est pourtant l'heure où l'on a le plus besoin de Dieu.

C'est son ami Clément qui m'accueillit au petit matin pour m'annoncer la nouvelle. Les énergies supérieures ne nous avaient été d'aucune aide. L'opération avait viré au désastre. Cathy avait fait une allergie au curare et était tombée dans un coma profond.

— J'étais en consultation quand le chirurgien m'a prévenu. Il a renoncé à la ranimer, compte tenu de son état général auquel s'ajoutait la souffrance cérébrale consécutive au trop long arrêt respiratoire.

Finalement, ce n'est peut-être pas plus mal pour elle. Son cancer s'était généralisé, elle n'avait que de terribles souffrances devant elle, soupira-t-il.

Il ajouta qu'à la demande expresse de Cathy le prélèvement d'ovocytes avait été effectué. À son arrivée, elle avait remis à l'anesthésiste un petit flacon stérile contenant un échantillon de mon sperme en exigeant que l'insémination soit réalisée aussitôt que possible. Il ne manquait plus que mon accord écrit.

Cathy avait donc tout calculé, jusqu'à l'arrêt sur ce parking, à quelques minutes de son admission à l'hôpital.

Je me mis à pleurer comme un gamin devant Clément qui assista à mon effondrement sans la moindre empathie. Il attendit malgré tout que je me reprenne avant de poursuivre :

— Elle semblait follement éprise de vous.

Il me tendit une lettre cachetée qu'elle l'avait chargé de me remettre, au cas où.

— Vous savez ce que je pense de cette histoire, conclut-il amèrement. J'agis par fidélité à sa mémoire. Si elle avait vécu plus longtemps, je n'aurais pas ménagé mes efforts pour la convaincre de votre nocivité.

J'étais trop affligé pour lui en vouloir. Non seulement j'avais perdu la femme que j'aimais, mais ce n'était pas le cancer qui l'avait emportée. C'était ma folle demande, celle à l'origine de notre relation.

Je me rendis dans le bureau que Clément m'avait indiqué, encore anesthésié par le chagrin, pour y accomplir les démarches administratives nécessaires. Je n'y croyais plus, mais je le devais à la mémoire de Cathy. La secrétaire me remit un formulaire d'acceptation que je signai sans le lire.

La semaine suivante, j'assistai au service funèbre organisé au funérarium de l'hôpital. Cathy n'avait pas voulu de cérémonie, et c'est dans une ambiance nonchalante que le représentant des pompes funèbres dit quelques mots sur la mort en général, se gardant de toute évocation de celle de la défunte en particulier. Un speech mal articulé, à base de métaphores lénifiantes, mais de Cathy il ne fut pas question. Le préposé ne la connaissait pas. Son père était là, tout comme sa sœur, au premier rang. Ils y restèrent sans dire un mot. Quant aux trois autres personnes qui avaient fait le déplacement, les rares collègues de son lycée qui n'avaient pas cours ce jour-là, elles n'avaient rien à ajouter elles non plus.

Je fus gagné par une profonde colère. Je la reconnus immédiatement. C'était la même rage qui m'avait submergé le jour où j'avais asséné cette fameuse gifle à mon client chauffard. Je la sentis me lacérer le ventre avant de m'obstruer la gorge. Je me précipitai sur le promontoire d'où le petit homme en costume noir avait bâclé son oraison funèbre et m'emparai du micro.

— Vous n'avez pas honte, avec vos grands départs et vos grands voyages ? Je sais bien que Cathy n'avait pas les moyens ni l'envie de s'offrir un beau cérémonial, mais tout de même, vous exagérez. Vous auriez pu essayer d'en savoir un peu plus sur elle, histoire de dire quelque chose d'un peu personnel, non ? Mais vous n'avez pas que ça à faire, je sais. Les morts se bousculent au portillon. Pompes funèbres Martin & Fils, le charter pour l'autre monde. Un grand départ toutes les trente minutes ! Vous n'avez aucune idée de qui était la femme exceptionnelle que vous allez bientôt réduire en cendres. Elle était drôle et pleine de vie. Elle avait le cœur sur la main, elle était le courage personnifié. Que son père que je ne connais pas m'en excuse, j'ajoute qu'elle était une bombe au lit, mais ça, monsieur Martin & Fils, je ne peux pas vous reprocher de l'avoir ignoré, juste vous plaindre. Malgré tout le fric que vous accumulez avec la terre dont vous ensevelissez vos clients, vous ne connaîtrez jamais le dixième de l'émotion que procurait la simple fréquentation de Cathy. Sa mort est un crime contre l'humanité.

Je quittai l'estrade, dévasté, sous le regard interloqué de la maigre assistance, et retournai au centre-ville, attendre le dernier autocar pour Nîmes. Je cherchai un peu de réconfort dans le double cognac que je commandai à la terrasse du café Le Riche. J'étais assis à la même table que celle que nous avions occupée lors de notre arrivée. C'est fou ce que Cathy était vivante, quelques jours avant sa mort. J'avais l'impression qu'elle réapparaîtrait d'une minute à l'autre du fond de la salle avec son regard taquin. En plongeant la main dans la poche intérieure de ma veste pour payer ma consommation, je rencontrai l'enveloppe que Clément m'avait remise. Je l'ouvris fébrilement et me mis à lire :

Mon cher Max,

Je suis morte. Tu vois, ce n'est pas si difficile. Je suis sûre que tu y parviendras toi aussi. J'aurais aimé te donner mon cœur, mais on m'a dit que c'est impossible à conserver. Espérons qu'au moins la fécondation aura été un succès, bien qu'il me soit pénible d'imaginer mes chromosomes congelés, croupissant au fond d'un coffre, même suisse. Je me console à l'idée improbable que tu guériras de ta folie et que cet embryon d'embryon deviendra un jour, par je ne sais quelle alchimie, notre enfant.

Merci du fond de ma tombe de m'avoir donné l'occasion d'aimer avant de mourir. Ce fut bref, mais intense. J'entame maintenant ma propre éternité.

Ton amazone

XXII

De retour à Paris, j'ai trouvé un message sur mon répondeur. Samuel s'était suicidé. La vie sans prostate l'avait déçu. Il m'avait envoyé un mot, quelques jours après son opération.

Mon cher Max,

Je ne poursuivrai pas cette comédie dans un simple rôle de figurant. J'ai tenu quelques jours à essayer de sauver les apparences. Elles n'en valent pas la peine.

Ne meurs pas si tu peux. Sinon, au revoir, qui sait ?

Bonne chance,

Sam

Qu'est-ce que vous voulez que je réponde à ça ? D'après mon propre tableau de pertes et profits, son compte était lourdement déficitaire. Tout militant invétéré contre la mort que je suis, je peux comprendre que l'on décide de déposer le bilan.

Sa crémation avait eu lieu au funérarium de Pantin le jour de l'enterrement de Cathy. Je n'étais même pas retourné le voir, malgré son appel au secours. Pitoyable ! Après avoir provoqué la mort de la femme que j'aimais, je perdais mon copain d'enfance.

Pour un type qui a fait profession d'en finir avec la mort, tout cela n'était pas très professionnel.

J'ai passé la semaine qui a suivi à pleurer, sans mettre le nez dehors ni manger. Je n'ai répondu à aucun appel téléphonique, sauf à celui de Big Little Bird.

— Elle continue son voyage, Max, me dit-il. Elle va rejoindre le Grand Esprit. C'est toi maintenant le gardien de son âme. Prends-en soin.

— C'est elle que je voulais garder, pas son âme, ai-je sangloté.

— Garde précieusement le sifflet lakota. Tu verras, il t'aidera dans ton deuil.

Il n'avait pas aidé Cathy à surmonter son opération, je ne voyais pas ce qu'il pouvait faire pour moi. Je me suis excusé de ne pas croire à ses superstitions, mais je l'ai remercié d'avoir essayé.

Après une semaine de grève générale, j'ai décidé de me relever. Ma première initiative a été d'appeler Joke pour m'excuser de mon absence à l'enterrement de Samuel. Nous n'avions rien d'autre à échanger que nos larmes et notre chagrin. C'est elle qui a raccroché la première. Nous étions veufs, sans espoir de guérison.

La seule chose que j'ai trouvée à faire, en hommage à Samuel, a été d'aller errer du côté de l'hôpital Saint-Antoine, le dernier endroit où je l'avais vu. Je me suis rendu au service de gérontologie aiguë où j'ai retrouvé mon copain, le super-vieillard.

Il m'accueillit d'un « Ah, mon père, je vous attendais ! » et me réclama pour la deuxième fois l'absolution alors que, tout bien considéré, c'était moi qui venais la lui demander.

— Je ne suis pas curé, lui dis-je à nouveau, et encore moins « votre père ». Vous avez 107 ans et j'en ai 40. Je pourrais être votre petit-fils !

— N'importe quel père a l'âge d'être mon petit-fils, me coupa-t-il. C'est donc toi qui es venu m'interdire de mourir l'autre jour. Eh bien, comme tu peux le voir, j'ai obtempéré !

Une aide-soignante est entrée avec un plateau-repas qu'elle a disposé au bord du lit de son plus vieux patient. Elle s'est réjouie avec exagération de sa chance d'avoir la visite de son petit-fils et lui a fait promettre de tout manger cette fois-ci. En quittant la chambre, elle m'a déclaré que mon papi c'était quelqu'un, et que je devrais venir le voir plus souvent.

Je lui ai donné la becquée, en lui racontant mon histoire avec Cathy. Il mâchait lentement sa compote de pommes qu'il avalait par minuscules bouchées et semblait plus absorbé par sa déglutition que par mon récit.

Quand je suis arrivé à la fin, ma voix s'est étranglée. Un long silence s'est installé. J'ai réussi à lui faire encore avaler la moitié d'un yaourt avec quelques gorgées d'eau avant qu'il ne s'assoupisse. Je restai là à le dévisager. Je ne savais rien de ce vieillard, pas même son nom, mais pour une raison inexplicable sa présence me réconfortait. Malgré ses 107 ans, un visage raviné, sa maigreur, il dégageait un réel charisme. Je calculai qu'il était né pendant la Première Guerre mondiale. C'était avant la pénicilline, avant les vaccins. L'espérance de vie en 1915 était de 35 ans en France, 50 ans si l'on ne tient pas compte des effets de la guerre et de la grippe espagnole. La médecine avait fait des progrès fulgurants depuis, parce qu'on y avait mis les moyens. Le résultat, c'est que l'on a gagné trente ans d'espérance de vie en un siècle, soit cent huit jours par an. C'est pas mal, mais il en faudrait trois fois plus. Aujourd'hui, l'argent public ne va plus dans la recherche. Il est englouti dans la bureaucratie et dans des subventions versées à des entreprises qui ne présentent aucun intérêt pour la longévité de leurs clients. Ils financent Airbus et Alstom, qui remplissent des flottes entières d'avions, de paquebots et d'autocars de touristes. Tout ce monde se déverse dans les capitales du monde entier, se répand dans les parcs d'attractions pour finalement se jeter sur des plages qui ne ressemblent plus à rien, si ce n'est à un grand étalage de chair plus ou moins fraîche. Les clubs de vacances, voilà ce qu'ils ont trouvé pour nous faire oublier qu'on va crever. C'est dingue ! Aucune vision à long terme. La mort, ils ne s'en préoccupent que lorsqu'elle frappe à leur porte… Pendant qu'ils skient aux Menuires, déjeunent chez Robuchon et se pavanent sur Instagram, ce n'est pas leur affaire. On peut crever de la malaria au pied de leur hôtel Carlton, ils s'en foutent, ils ont leur billet retour avec assurance rapatriement et bagages. Mais pour peu que ça les touche de près, là, ça devient une autre histoire.

Regardez ce qui s'est passé avec le Covid-19. Il a suffi d'un an, montre en main, pour trouver un vaccin efficace. Son coût : 20 euros la dose pour le Pfizer, je prends exprès le plus cher. Comptez deux doses par personne à multiplier par 8 milliards d'individus, bébés et antivax compris. Au prix fort, on arrive à 320 milliards d'euros. C'est à peine 5 % du budget des États-Unis.

Avec ces vaccins, on a regagné environ un an et demi d'espérance de vie, c'est dans la revue *Science*. Toutes causes de mortalité confondues, au-dessus de trois cent soixante-cinq jours gagnés par an, la mort recule et ça, c'est pas de la statistique, c'est du concret.

Pour ceux qui n'auraient pas bien compris, voici la transposition en cas pratique. Si j'ai 79 ans et une espérance de vie de 80, avec un gain de un an et demi chaque année, à 80 ans, mon espérance de vie sera de 81,5 ans. À 81 ans, elle sera de 83 et ainsi de suite. Chaque année qui passe m'éloigne un peu plus de la mort.

Imaginez ces centaines de milliards consacrés à la recherche plutôt qu'à Mickey ou à Costa Croisière ? Le PIB mondial s'élève à quelque 100 000 milliards de dollars. Cela veut dire qu'en réservant 0,3 % de la richesse mondiale à la recherche médicale on ne meurt plus ! Supposons que le calcul soit imprécis et donnons-nous une marge confortable en consacrant trois fois plus à la recherche : avec 1 % du PIB mondial, on y arrive de façon certaine.

Si les gens se contentaient de 99 % de ce qu'ils possèdent, on mettrait fin à la pire des catastrophes qui nous guette. Le prix de la vie éternelle s'élève à quelque 1 000 milliards de dollars. Cela fait 125 dollars par être humain et par an. Le prix de mon abonnement à Netflix !

J'en étais à ce stade de mes réflexions lorsque le petit vieux se réveilla. Il me regarda droit dans les yeux et me dit, de but en blanc :

— Fais cet enfant ! Tu le dois à Cathy !

Cette déclaration me surprit d'autant plus qu'il n'avait prêté aucune attention à mon histoire. En dépit des apparences, il était intellectuellement très alerte.

Il s'appelait Léon Bernheim, était issu d'une famille juive alsacienne plus ou moins apparentée à celle de Dreyfus, celui de l'Affaire. Il n'avait pas connu son père, mort au front en le laissant fils unique, faute de temps pour lui concevoir une fratrie. Il avait fait des études de philosophie à Strasbourg dans l'entre-deux-guerres avant d'être incorporé dans la 12e division d'infanterie française, ceux qui, à Dunkerque en 1940, avaient couvert l'évacuation de leurs camarades. Contrairement à la plupart de ceux de son unité, lui avait miraculeusement réussi à sauver sa peau. Le 4 juin au matin, dernier jour des combats, il s'était jeté à l'eau pour échapper aux tirs en rafales des chasseurs allemands et avait été tiré de la mer par l'équipage d'un baleinier, l'une des dernières embarcations à quitter Dunkerque à destination de Douvres.

Voilà comment il avait échappé à la déportation, contrairement à sa mère qu'il n'a jamais retrouvée et qui a sans doute fait partie des nombreux gazés anonymes d'Auschwitz. Le seul enfant qu'il avait conçu était mort d'une méningite fulgurante à l'âge de 5 ans, ce dont ni lui ni le couple qu'il avait formé avec une certaine Berthe ne s'étaient jamais remis. Il avait roulé sa bosse un peu partout, connu plusieurs femmes sans se fixer à aucune. Son seul fait de gloire avait été de remporter le titre de vice-champion de France senior de pétanque au championnat de La Rochelle en 1974. Une larme se décida enfin à couler du coin de son œil lorsqu'il me déclara :

— J'ai vécu cent sept ans en me laissant flotter comme ce fameux jour où j'ai été repêché à Dunkerque. Et tu vois, j'en suis encore à faire la planche dans cette chambre d'hôpital en attendant que quelqu'un me sorte de là, sauf que cette fois je pense que seule la mort me tirera hors de ce lit. À l'heure où je m'apprête à affronter l'éternité, je suis aussi vide qu'un ballon de baudruche.

Il accepta quelques nouvelles gorgées d'eau que je lui présentai avant de poursuivre :

— Tu ne te rends pas compte de la chance que tu as. Si Berthe m'avait laissé un embryon quelque part, je suis sûr que je trouverais la force de me barrer d'ici. Je traverserais l'enfer s'il le fallait pour le faire naître et pouvoir enfin mourir en paix.

— Mourir en paix ? me suis-je fâché. Mais Léon, la mort, c'est la guerre. Tu veux donner un sens à ta vie ? Alors ne meurs pas !

C'était la deuxième fois que je lui adressais cette injonction.

— Ce serait donc ça, le sens de la vie ? Ne pas mourir ? Je ne suis pas contre le principe... Mais comment suis-je supposé m'y prendre ?

— C'est une question de temps, atermoyai-je.

Je lui demandais un peu de patience et je reviendrais bientôt, avec un plan bien ficelé. Je le sortirais de là, aussi sûrement que son baleinier l'avait tiré hors des eaux de Dunkerque.

XXIII

Il me fallait résister au désespoir par n'importe quel moyen. Je ne pouvais pas laisser la mort de Cathy sans réponse, elle n'aurait pas accepté que j'abandonne mon combat pour lequel elle avait donné prématurément sa vie. Et pour commencer, il fallait se rendre à l'évidence : je n'avais aucune chance de m'en sortir seul. Refuser la mort est un acte politique ; pour le faire aboutir je devais trouver le moyen de rassembler le plus de monde possible. J'aurais préféré que quelqu'un d'autre que moi s'en charge, mais il n'y avait personne pour se coltiner le fardeau, je n'avais plus le choix.

La première étape consistait à accéder à une tribune médiatique, préalable à n'importe quelle entreprise d'envergure. N'ayant pas le pouvoir de convoquer une conférence de presse, j'ai opté pour la voie artisanale. J'ai préparé un écriteau et fait imprimer quelques milliers de brochures à distribuer sur lesquelles j'avais fait inscrire le texte suivant :

MOURIR TUE !

157 000 personnes meurent chaque jour dans l'indifférence générale, laissant derrière elles autant de veuves, de veufs et d'orphelins.

57 millions d'individus disparaissent ainsi tous les ans, l'équivalent d'un pays comme l'Italie, sans que l'ONU, l'OMS, la CPI, le pape ni aucune organisation nationale ou internationale s'en émeuvent.

J'appelle les nations du monde entier à se mobiliser contre ce fléau.

L'éradication de la mort est affaire de volonté politique.

Trop de lobbies puissants s'y opposent. Les industries funéraire, pharmaceutique et d'armement, les religions, les sectes, les compagnies d'assurances, les naturopathes et autres gourous de tout poil ne survivraient pas à une telle révolution.

Le renoncement des pouvoirs publics à mener ce combat est criminel. Contraignons-les à réagir.

Cathy Fréhault est morte en raison de l'insuffisance des moyens consacrés à la recherche contre le cancer. Elle était la femme de ma vie. Comme moi, vous avez tous un être cher dont la perte vous plongerait dans le désespoir.

Le 8 décembre à 14 heures, manifestons devant le ministère de la Santé pour exiger que l'on attribue les fonds nécessaires à la recherche médicale pour en finir avec ce mal absolu qui endeuille l'humanité depuis la nuit des temps.

Venez me rejoindre nombreux, nous sommes tous concernés.

Ne mourons plus sans rien dire.

Ne mourons plus !

Max Durant

Le lendemain matin, je me suis planté devant les grilles du cimetière du Père-Lachaise avec un clairon. J'ai entonné la sonnerie aux morts en hommage aux victimes de l'inertie des pouvoirs publics.

Puis, un micro à la main, je me suis adressé aux passants :

— Ci-gisent Molière, mort d'une fluxion pulmonaire, l'administration d'un simple expectorant l'aurait sauvé ; Chopin, mort de la tuberculose, avec quelques pilules d'amoxicilline 500 mg il aurait pu faire encore de nombreuses ballades ; Oscar Wilde, victime d'une méningite, le vaccin actuel est efficace à 98 % ; Édith Piaf, insuffisance hépatique dix ans avant la mise au point de la greffe du foie ; Yves Montand, infarctus du myocarde, avec la pose d'un stent coronaire il s'en irait encore, clopin-clopant…

Des petits groupes se sont formés, quelques-uns m'ont applaudi. En trois demi-journées, j'avais distribué tous mes flyers et le journal *20 minutes* était venu m'interviewer. Ma photo devant le Père-Lachaise combinée à l'article me présentant comme un Don Quichotte des temps modernes firent assez de bruit pour que l'on m'invite sur France Inter. J'y expliquai mon combat à des journalistes condescendants. « Il est prouvé, me dit l'un d'entre eux, que l'espèce humaine est dotée d'une limite biologique qui se situe entre 120 et 150 ans. » Un autre me demanda quel était le sens d'une vie sans fin et quelles conséquences cela pouvait revêtir à l'échelle de l'humanité. Je lui répondis que c'était une question philosophique dont l'immense intérêt se volatilisait à la seconde où elle se posait à un mourant. Je ne reproduirai pas ici la totalité de notre débat. En gros, toutes mes réponses à leurs observations dubitatives provoquèrent des sourires entendus et je quittai le plateau sous leurs regards persifleurs.

Seulement, le podcast de l'émission généra une dizaine de milliers de « like » et les commentaires se mirent à pleuvoir sur les réseaux sociaux. Le jour suivant, un blogueur très populaire sur Twitter me consacra un portrait sous le titre « L'idole des vieux ». Je reçus des invitations à toutes sortes d'émissions de télévision. D'abord France 3 Île-de-France, puis Virgil Hanonnas et, enfin, des chaînes généralistes. Je fis le buzz sur Internet, et mon passage sur France 2 me valut mes premières menaces de mort. Des intégristes se réclamant de l'État islamique m'annoncèrent avoir lancé une fatwa contre moi. Seul Allah décidait de la mort des pécheurs que nous sommes, m'informait la lettre anonyme, la bonne nouvelle étant qu'il avait programmé la mienne pour bientôt ! Lorsque les menaces se mirent à proliférer sur les réseaux sociaux, le service de la protection de la police nationale m'attribua un garde du corps à demeure.

Au cours d'un débat houleux sur France 5, Alan Finkelstein m'apporta son appui. Il appela à la création d'une commission chargée d'une réflexion sur « l'économie de la mort », discipline étonnamment absente de la sphère économique et même philosophique. Mon approche individualiste nietzschéenne lui avait plu et il estimait comme moi qu'il existait des lobbies puissants opposés à toute avancée sur ces questions. L'éradication de la mort posait des interrogations fondamentales dans des champs de pensée aussi divers que la médecine, la démographie, l'économie, la psychologie et les arts en général. Il fallait réfléchir à partir de tous ces points de vue si l'on voulait bâtir une société nouvelle avec des êtres immortels. Il souligna que la question de savoir si j'étais sain d'esprit ou non ne présentait aucun intérêt. Lorsque le fou soulève une question cruciale pour l'humanité, il serait aberrant de ne pas la traiter au prétexte de la folie prétendue de son auteur. D'ailleurs, la quête de la vérité était le rôle assigné au fou par la littérature, il ne citerait que Shakespeare, excusez du peu. Pour sa part, que je sois fou ou pas, Finkelstein s'estimait insuffisamment prémuni par l'immortalité que lui conférait son titre d'académicien et aspirait, comme moi, à des garanties plus fiables.

Au milieu de ce maelström médiatique, je reçus un appel de Marianne, dont je n'avais plus eu la moindre nouvelle depuis son départ. J'étais encore sous le choc de la mort de Cathy et par une sorte de réflexe de protection je ne décrochai pas, ce qui me valut ce message que j'écoutai quelques instants après :

« Max, je ne vais pas tourner autour du pot, tu me connais. Je t'appelle parce que cela fait six mois qu'on ne s'est pas vus et que tu me manques. Rappelle-moi si tu es libre… »

Libre, je l'étais, de corps sinon d'esprit. Devais-je m'engager à nouveau dans une relation de haute intensité ? Après réflexion, je considérai que c'était une bonne nouvelle. Cathy avait beaucoup ri lorsque, en réponse à ses questions intrusives, j'avais évoqué les années passées avec Marianne. Elle avait adoré le portrait que j'avais brossé d'elle et m'avait presque reproché notre rupture. Il est vrai qu'elles partageaient de nombreux points communs en matière de scénographie sexuelle. Et puis je l'avais aimée, Marianne. À bien y réfléchir, il n'était rien arrivé entre nous de nature à modifier ce sentiment. Son infertilité avait été la cause indicible de notre rupture, je n'en prenais véritablement conscience qu'aujourd'hui. L'histoire du lit vertical n'avait été qu'un prétexte. Une ineptie sans laquelle je n'aurais pas rencontré Cathy, et cela, au moins, j'étais sûr de ne jamais le regretter. Pour autant, j'avais fait fausse route sur tous les tableaux et la moindre des choses était de lui présenter des excuses.

Je lui ai donné rendez-vous au Wizz où j'avais dîné avec Cathy six mois plus tôt. Marianne avait ressorti le grand jeu. Sa longue chevelure brune, tirée sur le dessus de la tête, s'entrelaçait pour former un chignon sophistiqué couronné d'une rose rouge. Elle portait une robe assortie et suffisamment décolletée pour engloutir le regard de tous les clients du restaurant.

En dépit de ses atours criants, Marianne n'était pas parvenue à refaire sa vie et désespérait de rencontrer l'âme sœur. Elle avait eu une courte aventure avec un jeune procureur beaucoup trop inhibé à son goût. Elle avait bien essayé de le dévergonder mais il était réfractaire. La première fois qu'elle avait fait mine de se déshabiller dans une cage d'escalier déserte, il lui avait rappelé les dispositions de l'article 222-32 du Code pénal, punissant l'exhibition sexuelle d'un an d'emprisonnement et de 15 000 euros d'amende.

— Tu vois le genre… Pas très émoustillant ! Et puis tu me connais, Max, la position du missionnaire, très vite ça me file des crampes.

Elle m'a expliqué sans ambages qu'elle arrivait à un âge où il était difficile de se caser. La conversation était légère et je la regardais avec envie. Elle était tellement attirante dans sa robe moulante que j'éprouvai ma première érection depuis la mort de Cathy.

— Dis donc, me dit-elle en riant, on ne voit plus que toi à la télé. On peut dire que tu as réussi, dans la folie !

— La quantité ! C'est la meilleure façon de la vaincre, lui fis-je remarquer. À partir d'un certain nombre, la folie devient la norme. Avec douze apôtres, Jésus était un illuminé, avec 2,4 milliards de chrétiens, c'est Dieu. Et ça marche aussi bien pour Moïse, Bouddha ou Mahomet, alors pourquoi pas moi ?

Marianne se fichait du nombre de mes potentiels adeptes, ce n'était pas son affaire. Elle n'avait jamais cessé de m'aimer et souhaitait reprendre la vie commune, même si je devais devenir Dieu en personne et elle une sainte. Sa seule condition était de pouvoir dormir à l'horizontale et d'avoir des relations sexuelles en quantité raisonnable, ce qui chez elle voulait dire beaucoup. Elle m'encouragerait à poursuivre dans la voie que je m'étais assignée, et irait jusqu'à épouser ma cause s'il le fallait.

— Et jusqu'à m'épouser avec elle ? ai-je enchaîné.

La réplique m'avait échappé, comme si je n'en avais pas été l'auteur. J'étais toujours hanté par l'image de Cathy et j'avais le sentiment irrationnel que c'était elle qui me l'avait dictée.

Marianne se montra aussi surprise que je l'étais moi-même par la tournure de la conversation.

— Tu es sérieux ? s'enquit-elle, incrédule.

— Les hommes mariés ont une espérance de vie de 18 % supérieure aux célibataires selon la revue *Science*, tentai-je pour me couvrir.

Comme en plus d'être attirante elle ne manquait pas d'humour, elle se dit rassurée sur mes intentions. Elle avait certes envisagé plus romantique, comme demande en mariage mais, en faisant abstraction de sa sincérité, ma réponse avait le mérite d'être drôle.

XXIV

J'ai demandé à Léon d'être mon témoin. Une façon d'exiger de sa part un engagement sur le long terme. C'était par la même occasion un excellent moyen de l'extraire de la chambre d'hôpital où il végétait depuis plus d'un mois. Il était ravi de la perspective que je lui offrais, mais il émettait quelques réserves sur ses chances d'obtenir une autorisation de sortie. Il craignait qu'elle lui fût refusée eu égard à son grand âge, avec tout ce que cela comportait d'obstacles et de renoncements. Pour prévenir une éventuelle tentative de sabotage, j'ai adressé au directeur de l'hôpital une petite lettre en recommandé par précaution :

Monsieur le directeur,

Mon ami Léon Bernheim m'a fait l'honneur d'accepter d'être mon témoin de mariage, que je célèbre le 13 décembre prochain. Sa présence à la cérémonie dépend cependant d'une autorisation de sortie, selon lui improbable, du Dr Lefebvre. Il me dit craindre que le médecin chef de votre service de gérontologie s'oppose à sa venue en raison de son état de santé, qui ne serait pas stabilisé.

Au contraire de son gériatre, je n'envisage pas d'état plus stable que celui de M. Bernheim. Voilà quatre bonnes semaines qu'il n'a pas quitté son lit, ce qui fait de lui la personne la plus stationnaire qu'il m'ait été donné de fréquenter.

Permettez-moi également de vous rappeler qu'il a été admis dans votre établissement pour une infection, à l'origine urinaire, laquelle s'est transformée en septicémie nosocomiale. D'après les informations glanées auprès des infirmières, la septicémie serait vaincue, si bien que rien ne semble justifier son maintien dans vos services. Si la situation perdure, je crains qu'il échoue à la morgue voisine où son état se stabiliserait définitivement.

C'est pourquoi je vous informe que je considérerais son absence le 13 décembre et l'annulation subséquente de mon mariage comme la conséquence d'une séquestration arbitraire, dont je vous tiendrais pour personnellement responsable.

En espérant ne pas en arriver à une telle extrémité,

Je vous prie de croire, monsieur le directeur, en l'assurance de mes sentiments les meilleurs.

Max Durant

Nous avons obtenu une dérogation pour nous marier à la mairie de Limeil-Brévannes, la commune où se trouvait la maison de retraite que Léon devait réintégrer après son hospitalisation. L'immeuble moderne et bétonné qui abritait la mairie avait l'air d'un commissariat de police de l'ancienne Union soviétique. Marianne aurait préféré l'hôtel de ville plus cossu du 17e arrondissement mais c'eût été une trop longue expédition pour le centenaire.

De son côté, Marianne avait fait appel à sa nièce, Camille, qui venait d'entamer sa quatrième année de médecine. Elle avait choisi son témoin pour contrebalancer l'âge du mien, mais aussi en raison de ses compétences médicales auxquelles on espérait éviter d'avoir recours.

Léon a fait une arrivée remarquée en ambulance, toutes sirènes hurlantes. Attifé d'un vieux smoking plus tout à fait blanc, chemise assortie, nœud papillon et pantoufles, il a été transporté dans sa civière jusqu'à la salle des fêtes, au premier étage, où les deux brancardiers l'ont installé sur une chaise roulante. C'était son premier contact avec le monde extérieur depuis des mois. Il m'a fait un clin d'œil et m'a soufflé :

— Ce serait quand même con que je crève en plein milieu de la cérémonie !

— Si tu fais ça, je te tue, l'ai-je menacé.

Camille est venue nous demander de qui nous nous moquions ainsi et Léon lui a répondu : « De mon cadavre ! »

Marianne avait revêtu la plus courte des robes longues de l'histoire de la haute couture. Dos nu, échancrée de chaque côté, décolleté pigeonnant. À chacun de ses pas on se demandait par quel côté ça allait craquer. Un centimètre carré de tissu en moins, c'était l'outrage public à la pudeur. Il y a un an, j'aurais eu honte d'elle, mais là, j'étais attendri. À chacun sa méthode de survie.

Mes passages répétés à la télé nous ont valu la présence des caméras de France 3 IDF et de deux journalistes du *Parisien* venus commenter le mariage de « l'idole des vieux ».

Nous avons été accueillis par le maire en personne, Jérôme Tricoire, ravi de la publicité que lui offrait l'occasion.

Il commença par se réjouir de l'honneur qui lui était dévolu de célébrer le mariage d'un combattant des temps modernes et de sa dulcinée. Je m'étais attaqué de front à la seule question existentielle que personne n'avait jamais abordée de face. Cela m'élevait loin au-dessus des considérations théoriques, des lamentations stériles sur la condition humaine. J'avais pris le parti d'en refuser les termes, et cet acte de résistance radicale méritait le plus grand respect. Il fallait des hommes de ma trempe, capables de courage et d'imagination, pour changer le monde. Et pour ceux qui n'étaient pas convaincus, l'obscurantisme de mes détracteurs suffisait à illustrer la noblesse de mon combat.

Il revint au motif de notre présence, c'est-à-dire au Code civil et aux obligations du mariage. Après avoir lu quelques articles rébarbatifs il me demanda si j'acceptais de prendre pour épouse Marianne Herscovitch, ici présente, pour le meilleur et pour le pire, et de lui rester fidèle jusqu'à ce que la mort nous sépare. Je lui répondis que je n'accepterais pas que la mort nous sépare. Elle m'avait déjà séparé de mes parents, de Samuel et surtout de Cathy, je ne lui ferais donc plus la moindre concession.

Notre maire se montra conciliant. Il admit que la formule ne revêtait pas un caractère sacramentel et la reformula, amputée de sa partie litigieuse. Il écartait la mort et j'acquiesçai ainsi pour le pire… un moindre mal.

Pour ce qui était du meilleur, ce fut Marianne qui s'en chargea.

— Nous sommes en petit comité et je voudrais en profiter pour faire une déclaration importante. Vous venez de le rappeler, monsieur le maire, les époux pourvoient à l'éducation des enfants et préparent leur avenir. Malheureusement, je ne peux pas avoir d'enfant, Max le sait.

Elle s'excusa auprès de Léon, puis, se tournant vers moi, elle poursuivit :

— Léon m'a révélé ce que tu as vécu avec Cathy. J'en suis encore bouleversée. Je regrette de ne pas avoir eu la chance de la connaître. J'ai voulu t'en parler mais je n'ai pas osé, je ne trouvais pas les mots. Aujourd'hui, c'est le jour ou jamais, alors je me lance. Cet embryon que tu as conçu avec elle, ce serait le plus beau cadeau de mariage que tu pourrais nous faire. Le porter donnerait vie à la mère que je ne serai jamais sans lui, tout en ressuscitant la femme exceptionnelle que tu as aimée avant de me retrouver. Je l'accueillerais comme mon propre enfant.

Elle espérait que son petit speech ne m'avait pas fait changer d'avis et, sans me laisser le temps de répondre, s'empressa de dire oui au maire avant de m'embrasser pour faire selon la tradition. Léon fut poussé sur sa chaise roulante jusqu'au registre qu'il signa sans trop de peine pendant que je me demandais si je devais lui en vouloir ou au contraire lui être reconnaissant de son indiscrétion.

Camille s'exécuta à son tour, une assistante nous remit notre livret de famille pendant que le maire nous félicitait à nouveau. Puis, s'excusant auprès de Marianne, il m'entraîna dans son bureau où il me pria de m'asseoir quelques instants.

Il voulait me dire qu'il avait suivi avec intérêt mes interventions télévisuelles. Il était d'accord avec le fait que la lutte contre la mort était une affaire politique et voulait m'assurer de son soutien. C'était un type élégant et jovial, la cinquantaine encore présentable. Il me confia qu'il était veuf, lui aussi, son histoire ressemblait à la mienne. Il avait vécu la perte de son épouse comme la plus éprouvante des injustices. Il l'avait accompagnée, impuissant, jusqu'à ce qu'elle meure, à 39 ans, d'une tumeur au cerveau. Elle s'appelait Clara, soupira-t-il en me tendant une photo qu'il sortit de son tiroir. À en juger par la robe légère qu'elle portait et la végétation qui l'entourait, le cliché avait été pris au cours de l'été. C'était certainement le maire qui se trouvait derrière l'objectif. Clara arborait un sourire radieux et elle tenait un bout de bois à la main, comme pour dire à son photographe de mari qu'elle ne le laisserait pas faire un pas de plus vers elle. Elle était d'une beauté saisissante, et dans cette image figée d'un bonheur révolu, même le plus acéré des regards n'aurait pu déceler l'ombre de la mort. Six mois plus tard, elle n'était plus.

Jérôme s'était lancé à corps perdu dans la politique, sans réelle conviction. Comme il était le petit-fils d'un ancien maire très apprécié de Limeil-Brévannes, il avait remporté les élections à la faveur de son seul nom. Je lui offrais la possibilité de prendre une revanche sur son destin.

— C'est une grande cause, ajouta-t-il, qui ne peut être menée qu'au niveau présidentiel. Max, les élections se tiennent dans deux ans, il n'y a pas de temps à perdre. Je peux mobiliser des réseaux, j'ai trente-cinq conseillers municipaux derrière moi, un petit bataillon qui ne demande qu'à s'étoffer.

Nous convînmes de nous revoir au retour de mon voyage de noces.

Je ressortis chamboulé de cet entretien. Je n'étais donc ni fou ni seul. Avec l'aide de Jérôme Tricoire, mon combat prenait de l'envergure. En me mettant le pied à l'étrier, il allait le rendre visible et, plus encore, légitime. Je pensais à Cathy et à Clara, à leurs destins si proches. Grâce à elles, Jérôme faisait mieux que me comprendre, il partageait ma conviction que la mort n'était pas invincible, qu'il fallait l'attaquer de front. Il était surtout la première personne que je rencontrais à ne pas me mépriser ni me considérer comme un dingue, sans pour autant être amoureux de moi. Je restai quelques instants sur le pas de sa porte, le temps de reprendre mes esprits. Au-delà de mon mariage, l'événement que je venais de vivre allait changer le monde.

Léon m'attendait encore dans la salle des fêtes, endormi sur son fauteuil que je fis rouler jusqu'à l'Auberge de Limeil, à une centaine de mètres de la mairie.

— À la première récrimination, menaça-t-il en ouvrant un œil, je retourne dans l'ambulance.

— Tu aurais tout de même pu me prévenir, ne pus-je me réprimer.

— Un mot de plus, Max, et je décède ! conclut-il sur un ton qui ne souffrait aucune discussion.

XXV

Marianne choisit l'hôpital de Ganges. Je lui fis remarquer qu'il y avait plus sexy comme destination, pour un voyage de noces, ce à quoi elle me répondit sur un ton prometteur que je ne perdais rien pour attendre.

Elle s'était inscrite à la consultation du Pr Clément Ceccaldi comme simple patiente et insista pour que je l'y accompagne.

En me découvrant dans sa salle d'attente, la première réaction de Clément, après m'avoir fusillé du regard, fut de refuser de me recevoir.

— Je suis obstétricien, et à moins que vous ne soyez venu m'annoncer votre grossesse, vous n'avez rien à faire ici, m'asséna-t-il.

— C'est presque ça, plaida Marianne.

Cathy nous habitait tous les deux, il fallait la libérer au plus vite, ce que lui seul pouvait faire, insista-t-elle. Il nous reçut de mauvaise grâce. Marianne lui avait apporté un dossier complet détaillant les causes de sa stérilité. Elle le supplia d'accepter de lui implanter l'embryon de Cathy, c'était une chance formidable pour nous tous. Pour elle bien sûr, mais aussi pour Cathy et tous ceux qui l'avaient aimée. Clément ne voulut rien entendre. Il répéta qu'une telle intervention n'était pas de son ressort et nous invita à nous adresser aux organismes officiels. Il y avait des étapes légales à franchir, un délai de réflexion. D'ailleurs, le décès de Cathy rendait l'entreprise impossible, car il fallait l'accord des deux membres du couple. Marianne l'implora une dernière fois d'accéder à sa demande. Ce serait le plus bel hommage qu'il pourrait rendre à sa défunte amie. Mais l'obstétricien resta sourd à ses arguments.

— Que Cathy vienne me le demander, conclut-il ironiquement en se levant pour nous raccompagner, et je pourrai reconsidérer ma position.

— La voici ! lui répondis-je, en lui tendant la lettre de Cathy.

Clément lut plusieurs fois la lettre. Il se rassit, étrangla un sanglot et resta prostré sur sa chaise quelques instants. Lorsqu'il reprit ses esprits, son visage avait changé d'expression à notre égard.

— Laissez-moi une semaine, que je voie comment m'organiser, souffla-t-il d'une voix épuisée.

Marianne se jeta sur lui et le couvrit de baisers avec une telle effusion qu'il ne put s'empêcher de sourire.

— Tu es aussi excessive que Cathy, et ce n'est pas peu dire ! Ne vous réjouissez pas trop vite, cela pourrait vous porter la poisse. L'opération n'a qu'une chance sur deux de réussir et nous n'avons qu'un seul embryon.

En attendant l'opération, Marianne voulait « s'imprégner de Cathy », marcher sur ses pas dans les lieux qui lui avaient tenu à cœur. Je l'ai emmenée sur la Vis, là où nous nous étions baignés un an plus tôt puis nous sommes descendus dans le même hôtel, à Saint-Martial, mais nous ne fîmes pas l'amour une seule fois.

Mon épouse avait fait vœu d'abstinence. Le concept est peu usuel pour une lune de miel, et moins encore pour Marianne, mais elle s'était persuadée qu'elle augmentait ainsi ses chances de tomber enceinte. L'expérience aiguiserait mon désir, ajouta-t-elle, en me rappelant sa promesse d'une séance de rattrapage dont je me souviendrais toute ma vie.

Le transfert d'embryon eut lieu la semaine suivante. Il s'agissait d'une simple intervention ne nécessitant qu'une échographie. Clément nous fit venir un dimanche, par souci de discrétion, à l'hôpital, où il disposait de tout le matériel nécessaire.

— Je risque la radiation mais je m'en fous. Si ça marche, j'aurai opéré une résurrection, ce n'est pas donné à tout le monde !

L'opération en elle-même ne dura pas dix minutes. Marianne devait éviter de courir et ne pratiquer aucun sport violent pendant les quinze jours suivants. Clément nous embrassa tous les deux, nous souhaita bonne chance et disparut dans les dédales de sa clinique.

Nous rentrâmes le lendemain à Paris avec 22 chromosomes X de Cathy. La probabilité pour Marianne de démarrer une grossesse était estimée à 53,6 %.

Le quatorzième jour, Marianne se leva aux aurores. Elle revint au lit avec le test de grossesse sur lequel elle pissa debout, sans la moindre gêne, m'inondant au passage. Je devais participer à ce moment, se justifia-t-elle en me tendant le test. Elle m'interdit de bouger dans l'attente du résultat, sinon je serais responsable de l'échec redouté. Quelques minutes plus tard, le trait rouge apparut et Marianne fondit en larmes. Le visage encore mouillé, elle m'embrassa frénétiquement. Je devais lui faire l'amour tout de suite dans ce lit qui portait la marque de sa fertilité retrouvée. Elle s'allongea encore trempée contre moi en me répétant à l'oreille, son test de grossesse brandi comme un trophée : « Je suis enceinte, Max, je suis enceinte ! » Elle était tellement exaltée que je craignis un moment qu'elle fasse le coup d'Archimède et sorte nue dans la rue pour y hurler sa joie. Elle se contenta d'enfiler ma robe de chambre et d'aller nous préparer un petit-déjeuner de fête.

Entre deux tasses de café, elle appela Clément pour lui apprendre la nouvelle.

— Tu es parrain ! lui annonça-t-elle de but en blanc, sans aucune concertation préalable.

Cela me fit un drôle d'effet. D'autant que mes relations avec Clément n'avaient pas commencé sous les meilleurs auspices. Il était le seul ami que Cathy avait eu le temps de me présenter, sans doute le plus cher à ses yeux. Marianne et Cathy, les deux mères de mon enfant à naître, venaient de le bombarder parrain, une référence, qu'on le veuille ou non, à ma mort dont j'avais refusé le principe autant que la pratique. En voyant mon visage s'assombrir, Marianne se mit à genoux devant moi, mains jointes.

— Tu as raison, Maxou, j'aurais dû te prévenir, mais tu sais quoi ? Je n'étais pas au courant moi-même, c'est sorti tout seul !

Elle était si heureuse et si rayonnante que je ne parvins pas à lui en vouloir.

En route pour mon rendez-vous avec le maire de Limeil-Brévannes, je tentai de faire le point sur la situation.

J'avais perdu un embryon conçu à l'origine pour me servir de stock de cellules souches. À la place, j'allais devenir père de l'enfant biologique de Cathy, porté par Marianne. Sur le front de la lutte contre la mort je perdais quelques pièces de rechange et j'étais relégué d'une génération. En contrepartie, j'entreprenais un combat politique avec pour la première fois de réelles perspectives de parvenir à quelque chose de concret.

« Ton enfant te perpétuera », me dit Léon à qui je m'ouvrais de ces péripéties. Un vœu pieux. Aucun enfant ne vous perpétue, il est pris dans un conflit de loyauté entre ses deux parents, trois dans mon cas, qu'il a pour mission de prolonger. En moins d'un siècle, vous vous retrouvez en concurrence avec sept autres arrières grands-parents. Mettez-vous à la place du gosse, qu'est-ce qu'il peut encore faire pour vous ?

Pour peu que ce soit une fille, avec les gènes de Cathy on pouvait craindre qu'elle déclare un cancer du sein à 30 ans et qu'elle ne se perpétue pas elle-même !

— Mon vieux Léon, tu sembles oublier qu'en donnant la vie on donne surtout la mort. En l'état de la science, je considère que faire un enfant s'apparente à un meurtre.

Je broyais du noir et me voyais déjà pleurant la disparition de ma fille. En période de deuil, un homme est dix fois plus sujet à l'infarctus du myocarde… Avec cet enfant à naître, je n'avais plus aucun droit à l'erreur. Soit je parvenais à en finir avec la mort, soit je me retrouvais avec une morte de plus sur la conscience.

XXVI

Jérôme Tricoire m'accueillit en compagnie de Fanny, son adjointe aux finances, une jeune avocate entreprenante spécialisée dans le droit public.

Ils avaient élaboré un plan qui allait booster ma campagne en faisant un procès à l'État pour mise en danger de la vie d'autrui et non-assistance à personne en danger. J'y dénoncerais l'insuffisance des investissements consentis pour lutter contre les maladies mortelles. Je peaufinerais ainsi ma cote auprès des vieux, un créneau porteur. Les plus de 60 ans représentent 26,8 % de la population et 40 % des votants. Avec le cancer, j'élargissais encore ma base électorale. J'étais avocat, comme Fanny qui s'investirait entièrement à mes côtés. Notre action judiciaire me servirait de tremplin électoral. J'avais tout à y gagner et rien à y perdre car, au moment des élections, j'aurais soit gagné en première instance, soit saisi la cour d'appel d'un recours contre une décision scandaleuse. Dans tous les cas, mon électorat apprécierait ma ténacité.

— Max, c'est le moment d'aller au bout de ton combat. Je serai derrière toi, avec les relais politiques et médiatiques nécessaires. Tu verras, on va faire un tabac !

Jérôme allait se charger de constituer mon équipe de campagne. L'éradication de la mort serait mon thème principal, mais il me fallait également un programme économique, sans lequel une candidature à la présidence de la République ne faisait pas sérieux.

— On va taper dans le social-libéral mou, ça ne mange pas de pain. Ne t'inquiète pas, tu seras briefé sur la question.

Il voulait faire « soft » car on aurait suffisamment de critiques à essuyer sur les autres fronts. Nous nous inscririons dans un courant « mainstream » : pour le maintien dans l'Europe de Schengen, pour une augmentation du Smic avec bien sûr un effort inégalé dans le secteur de la santé. En contrepartie, il faudrait alourdir les impôts afin de trouver les milliards nécessaires, mais on ne ponctionnerait que les très riches. Ils étaient peu nombreux et sans doute les plus intéressés par les progrès sur la longévité.

Le nœud du problème était démographique. Cesser de mourir, à l'échelle nationale, *a fortiori* mondiale, cela générait quelques difficultés. J'avais envisagé un système à deux vitesses dans lequel les candidats à la perpétuité acceptaient la stérilisation, les autres étant libres d'enfanter, dans des limites raisonnables à déterminer. Le coup de l'examen de passage était inenvisageable. Quels que soient les critères retenus, on se retrouverait dans un système eugéniste avec les relents nauséabonds que cela véhicule. Jérôme allait mettre une équipe de spécialistes à plancher sur la question.

Nous décidâmes de tenir une réunion hebdomadaire, top secret, tous les samedis dans son bureau de la mairie afin de faire le point sur la campagne et de fixer les orientations. Pour commencer, il me fallait entamer la procédure contre l'État et le faire savoir.

Léon était le plaignant idéal. Nous sommes allés, Fanny et moi, lui rendre visite dans son Ehpad à Limeil-Brévannes. C'était un immeuble imposant de neuf étages en béton armé entouré d'un grand parc arboré. Sur le fronton de l'entrée s'affichait en lettres dorées et prometteuses :

Les Intemporelles
Résidence Autonomie Senior

Derrière le bureau d'accueil, une jeune femme en blouse blanche, les yeux sur son téléphone portable, n'a prêté aucune attention à notre présence. Non loin d'elle, sur sa droite, un résident autonome senior stationnait seul face au mur, dans son fauteuil roulant. Quelques autres, disséminés un peu plus loin dans le salon, regardaient la télé. Un candidat de télécrochet hurlait le tube de Dario Moreno *Si tu vas à Rio*, ce qu'aucun des malheureux spectateurs réunis dans ce salon n'était en état d'accomplir. Nous nous sommes dirigés vers l'ascenseur, à côté du distributeur de boissons en panne. La chambre de Léon était au troisième étage. Des rampes couraient de part et d'autre des couloirs pour permettre aux pensionnaires qui le pouvaient encore de se déplacer.

Nous avons trouvé Léon allongé sur son lit, l'air préoccupé. Par réflexe, je lui ai demandé comment il allait.

— Comment je vais ? C'est simple, Max. Depuis que j'ai passé 80 ans, je me sens comme un condamné à mort qui vient de voir son dernier recours en grâce rejeté. On m'a collé dans le couloir de la mort. À chaque minute, j'ai peur que le bourreau vienne frapper à ma porte pour m'annoncer que c'est l'heure de l'exécution. Voilà comment je vais !

J'ai failli lui dire hypocritement qu'il exagérait, avant de me raviser. Non seulement ce qu'il disait était la réalité brute, mais cette réalité constituait le motif de notre visite. J'ai laissé Fanny lui annoncer notre plan. En matière de mise en danger, on ne pouvait rêver d'un cas plus approprié que le sien. À 107 ans, il souffrait d'une insuffisance cardiaque chronique évolutive et d'un cancer de la prostate au stade 3. Sans être atteint de la maladie d'Alzheimer, il faisait partie des personnes à risque et présentait déjà quelques signes évidents d'amnésie antérograde. Nul ne pouvait contester le fait que son état général était susceptible de se détériorer dans les années à venir, faute de traitement efficace. Au regard de sa santé actuelle, la moindre complication pouvait signifier la mort.

Il ne se fit pas prier et accepta que nous introduisions une action en responsabilité contre l'État, en son nom, pour négligence et non-assistance à personne en danger. J'insistai sur le fait qu'il était impératif qu'il reste en vie jusqu'à son issue, sous peine d'irrecevabilité de la plainte. Léon me promit de faire de son mieux. Notre visite l'avait excité comme un gosse. Sans doute était-ce la perspective de ce procès qui, à défaut d'éternité, lui donnait accès à la célébrité. Je le sentais au bord d'attraper la grosse tête.

— T'inquiète, me rassura-t-il en retroussant son pantalon. Regarde mes chevilles. Elles n'enfleront pas plus que ça.

Je préparai la requête introductive devant le tribunal avec Fanny. Elle était d'un abord plutôt distant. Je me demandais si elle ne cherchait pas à dissimuler une relation secrète avec Jérôme, bien que je n'en voie pas la raison. En tout cas elle était vive et compétente, ce qui nous permit, en quelques jours, de saisir le tribunal administratif de Paris d'une demande sans précédent.

Nous invoquâmes le fait que chacun disposait d'un droit fondamental de protection de sa santé. À 107 ans, Léon devait bénéficier de ce droit au même titre que n'importe quel autre citoyen. En le laissant croupir dans un Ehpad, au prétexte que les pathologies dont il souffrait seraient banales et sa mort prochaine inéluctable, l'État se rendait coupable de discrimination, à tout le moins de négligence.

Avec l'aide de Jérôme, la presse s'empara de l'affaire. Léon fit la couverture de *Match* sous le titre « Léon Bernheim, la fureur de survivre ».

De mon côté, je créai l'Association de lutte contre la gérontophobie. Le 1er novembre, nous organisâmes la Marche des fiertés Vieux, Infirmes et Impotents. Je pris la tête du cortège derrière un déambulateur géant recouvert de slogans. À l'avant on pouvait lire : « Stop à la gérontophobie ! » ; à l'arrière : « Faut pas pousser papi dans les orties » ; et sur les côtés : « Old is beautiful ! » Nous fûmes une centaine de milliers à défiler, l'événement fut relayé dans le monde entier. Interviewé par BFM TV et le *New York Times*, je déclarai :

— Y en a marre de la discrimination contre les vieux. Ce sont des gens comme vous et moi. Nous défilons pour la pénalisation de la gérontophobie, le droit pour les vieux à une sexualité visible, la suppression de l'âge de départ automatique à la retraite.

J'ajoutai que les banques devraient consentir leurs prêts sur vingt-cinq ans sans distinction d'âge sous peine de sanction pour discrimination. Même chose pour les contrats d'assurance, vie ou santé. Nous prônions en clair le droit à un avenir pour tous. Nous appelions de nos vœux la création d'un quota de 80 ans et plus dans les défilés de mode, chez les présentateurs de journaux télévisés et plus généralement les héros dans les scénarios de films ou de séries. Remiser les vieillards à la casse, leur asséner à longueur de débats politiques qu'ils ne représentent qu'une charge pour la société, leur dénier tout avenir, c'était une incitation à mourir. Tout cela s'apparentait à du harcèlement et devrait être réprimé à ce titre.

— Le terrorisme des standards publicitaires, ça suffit. Les rides et la peau flasque, c'est beau ! Les associations de lutte contre la grossophobie, la maigrophobie et la cacophobie défilent avec nous et ce n'est que le début. Nous sommes de plus en plus nombreux à en avoir assez de l'invisibilité imposée aux vieux.

Notre mouvement militait également pour la possibilité offerte à tout un chacun de modifier son état civil. L'âge est avant tout un marqueur sociologique. Il n'y a qu'à voir la façon dont les limites sont fixées : 26 ans pour la carte jeune, 40 ans pour l'adhésion à la plupart des organisations de jeunesse, 60 ans pour la carte senior, 65 ans pour le départ à la retraite, 77 ans pour lire *Tintin*. Tout cela est arbitraire. Il y a des vieux qui se sentent jeunes. Pourquoi ne pourraient-ils en faire établir la traduction administrative ? C'est une violence insupportable que d'imposer à quiconque un état civil ne correspondant pas à son âge ressenti.

Après le succès de notre manifestation, des Marches des fiertés furent organisées aux États-Unis et dans plusieurs pays européens.

J'ai été contacté par un.e certain.e Ariel.e, vice-président.e de l'association LGBTQIA+.

— Notre mouvement a presque vaincu le sida. Tu vas peut-être y arriver avec la mort ? Bravo pour ton activisme en tout cas, me dit-iel, on se joindra à vous l'année prochaine dans une convergence des luttes.

Iel me proposait de m'offrir des relais dans le monde politique. Eux.elles en avaient bénéficié dans les années 1990 grâce à d'influent.es élu.es homosexuel.les, et ce n'était pas les vieux qui manquaient à l'Assemblée, encore moins au Sénat, s'esclaffa-t-iel. Ariel.e envisagea même une fusion entre nos deux associations mais je n'ai jamais su si iel avait été sérieux.se ou s'il s'agissait d'une plaisanterie.

Quoi qu'il en soit, notre mouvement prenait de l'ampleur. Nous comptions déjà une centaine de milliers d'adhérents. Quelques anciens soixante-huitards retrouvèrent les réflexes de leur jeunesse. Des slogans s'affichèrent un peu partout sur les murs de Paris et de province.

On pouvait y lire : « Soyez réalistes, demandez l'intangible », « On a l'âge de ses jarretières ! » ; ou encore : « Crémation, piège à cons ! »

Régulièrement invité à m'exprimer sur les ondes, j'appelai à la création d'un Fonds des Nations unies pour la vieillesse sur le modèle de l'Unicef.

Pour parfaire ma communication, Jérôme engagea un nègre chargé d'écrire un livre hagiographique sur moi qui s'intitulerait *L'homme qui ne voulait pas mourir*. Il devait paraître six mois avant le premier tour de la présidentielle. Je n'étais pas enchanté par la perspective de déballer mon intimité devant des millions de Français, mais Jérôme insista. Tous les candidats qui comptent à la présidentielle sortent un bouquin dans les mois précédant le scrutin. La démarche était indécente, il en convenait, mais une élection présidentielle, ça ne se gagne pas décemment.

Pendant ce temps, la grossesse de Marianne suivait son cours. Le quatrième mois, l'échographie nous révéla qu'il s'agissait d'une fille. Marianne était aux anges. Son ventre déjà arrondi n'avait entamé ni son charme ni sa volubilité. Malgré l'approche de l'hiver, elle continuait de sortir court vêtue et se montrait aussi exubérante que d'habitude. Les femmes enceintes sont souvent prises d'envies alimentaires insolites. L'appétit de la mienne était sexuel. La première fois, ça lui a pris au restaurant. Elle s'est levée en m'intimant l'ordre de la rejoindre aux toilettes. J'ai cru à une plaisanterie mais elle ne revenait pas et la situation devenait embarrassante. Nous avions déjà passé notre commande et le garçon venait de nous servir l'entrée. Cinq minutes après son départ, j'ai reçu un texto avec ces quatre mots : « Je suis prête, vite ! » J'ai demandé l'addition en prétextant une indisposition avant de la retrouver dans les toilettes, la jupe relevée. Je vous laisse imaginer la tête des serveurs et des autres clients quand nous sommes enfin ressortis. Nulle part je n'étais à l'abri de ses fringales. J'ai établi une liste de restaurants, magasins et halls d'immeubles dans lesquels je n'oserai plus jamais mettre les pieds.

Dans un autre registre, nos armoires se remplissaient peu à peu de layettes, de grenouillères et de robes 3-6 mois. L'une des chambres de l'appartement s'était transformée en nursery, avec tapis d'éveil, doudous et poupées de chiffon. Chaque jour en rentrant, je butais sur la poussette « polyvalente » dernier cri qui stationnait de tout son long dans l'entrée. Je l'avais dépliée à la suite d'une mauvaise manipulation, mais la lecture de la notice d'utilisation nous dissuada de tenter de la replier. Marianne avait procédé à la préinscription de notre bébé à la crèche municipale. Pour accroître nos chances dans cette redoutable compétition, elle avait forcé un rendez-vous auprès de la personne chargée de la petite enfance à la mairie du 17e. Elle plaida que c'était un bébé « one shot » et qu'elle ne bénéficierait pas de séance de rattrapage. Je ne sais pas comment l'employée municipale interpréta l'information, mais Marianne revint de fort méchante humeur après s'être fait rembarrer.

L'autre grande affaire était le prénom du bébé. Marianne insistait pour une référence marquée à Cathy. Nous lui devions cet enfant, c'était donc la moindre des choses. Je n'avais pas d'avis tranché sur la question, mais de là à donner à ma fille le nom de la femme que j'avais aimée, il y avait un pas que je ne franchirais pas. En revanche, je franchis allègrement la distance entre Paris et Ganges, que je dus parcourir une dizaine de fois en deux mois. L'accouchement nécessitait une césarienne, et il n'était pas question qu'un autre que Clément s'en chargeât. Malgré mes rendez-vous hebdomadaires avec l'équipe de la mairie de Limeil-Brévannes, je l'accompagnai dès le huitième mois à Ganges où je m'installai avec elle dans le petit appartement que nous avions loué cour de la République, à cent cinquante mètres de la clinique.

Catianne naquit par césarienne, le 25 avril, dans l'hôpital où sa mère biologique s'était éteinte vingt mois plus tôt. Clément vint m'annoncer sa naissance sur le lieu exact où il m'avait appris la mort de Cathy et j'eus l'étrange impression de revivre la même scène. C'est fou, me suis-je dit, la ressemblance qu'il y a entre une déclaration de naissance et une déclaration de décès.

XXVII

La grande salle du Palais de la rue de Jouy était pleine à craquer. Toute la presse était venue assister à « l'audience du siècle » devant le tribunal administratif de Paris.

Ce fut le commissaire du gouvernement qui prit la parole le premier, pour demander le rejet de notre plainte dans des termes incisifs.

— Monsieur le président, mesdames, messieurs les juges, malgré la présence d'une presse nombreuse en manque de sensations, cette affaire n'en est pas une, sauf à ériger l'absurde en règle de droit. Par une démarche sans précédent, un justiciable âgé de 108 ans, manipulé par un dirigeant politique qui se trouve être également son avocat, vous demande de considérer l'État comme responsable de la mort en général et de la sienne, future, en particulier. Pour parvenir à une telle aberration, le plaignant procède par la voie d'un syllogisme que les pires sophistes de la Grèce antique n'auraient pas osé soutenir. Pour résumer sa pensée, Me Max Durant nous propose l'axiome suivant : « Tous les hommes devraient être immortels, Léon Bernheim est un homme, donc Léon Bernheim devrait être immortel ! » Et pourquoi, vous entends-je vous interroger, les hommes devraient-ils être immortels, selon le médiatique avocat de M. Bernheim ? Eh bien tout simplement parce que leur mort serait causée par des maladies que l'on pourrait guérir, si l'État y mettait les moyens nécessaires. CQFD ! Tel est, en quelques mots, le brillant argumentaire de M. Bernheim… Tel est surtout le postulat politique d'un candidat à l'élection présidentielle, postulat que votre tribunal devrait valider pour paver sa route vers le sommet de l'État ! Mais attendez, je n'ai pas tout dit, le meilleur est à venir ! Par quel biais Me Durant s'adresse-t-il à votre haute juridiction ? Celui d'un démuni en mal de soins ? D'une victime d'une erreur médicale ? Eh bien non ! notre plaignant est plus que centenaire ! C'est un vieillard parvenu à un âge que beaucoup lui envient, parce qu'il a bénéficié tout au long de sa vie des meilleures conditions de soins. Des soins financés par un État à l'avant-garde de la médecine moderne, couverts par un système unique de sécurité sociale accessible à tous. Je suis l'un des représentants de cet État au nom duquel j'ai l'honneur de m'exprimer aujourd'hui. Je suis tenu à un devoir de neutralité mais, à un an des élections les plus importantes de notre démocratie, me voici contraint, par la force des choses, à dénoncer un programme politique. Tout cela parce qu'il se trouve à l'origine d'une demande indécente, cherchant à judiciariser des phénomènes aussi biologiques et inéluctables que la vieillesse et la maladie. Que dire enfin de la demande de M. Léon Bernheim visant à voir sa date de naissance portée de 1918 à 1970 sur son état civil, en « adéquation avec l'âge ressenti du plaignant » ? Il aurait enfin accès, nous explique-t-il sans vergogne, au prêt immobilier que lui a refusé sa banque pour des motifs qu'il juge discriminatoires ! Il faudrait donc, pour les belles rides de M. Bernheim, que votre tribunal établisse un faux en écriture publique sous le prétexte que le « ressenti » du plaignant serait en opposition avec la réalité ? Il est grand temps que Me Max Durant remette les pieds sur terre et qu'il cesse d'encombrer de ses fantasmes des juridictions submergées de demandes, pour certaines légitimes. Pour ce qui concerne les prétentions de M. Léon Bernheim, je vous propose de le renvoyer devant l'unique instance compétente en la matière et seule susceptible de lui apporter le traitement approprié, je veux parler du Centre hospitalier des Murets, qui se trouve être l'établissement psychiatrique le plus proche. La présence de son avocat à ses côtés pendant la durée du traitement constituerait une mesure de salut public. Je vous remercie de votre attention.

Le commissaire du gouvernement se rassit en se tournant légèrement du côté opposé aux juges afin de masquer le sourire d'autosatisfaction radieux sur son visage. Il adressa un clin d'œil à son jeune assistant qui venait de lever un pouce dans sa direction.

Je décidai de répondre à ce flot d'amabilités par l'empathie.

— Monsieur le commissaire du gouvernement veut mourir. C'est son droit le plus strict. Il considère sa propre mort comme un événement inéluctable, voire souhaitable. Je n'aurais pas la prétention de qualifier ce postulat d'« aberration » et je vais même jusqu'à le partager. Avec un tel parti pris, monsieur le commissaire du gouvernement, vous mourrez, c'est sûr. Et je pleurerai à votre enterrement en me remémorant la poignante sentence de John Donne : « La mort de tout homme me diminue, parce que j'appartiens au genre humain ; aussi n'envoie jamais demander pour qui sonne le glas : c'est pour toi qu'il sonne. » John Donne était un poète anglais du XVIe siècle. En ce temps-là, le soleil tournait autour de la Terre, le cancer se soignait à coups de purges et l'Angleterre dominait le monde. Si Einstein était allé présenter sa théorie de la relativité au pape Urbain VIII, il n'aurait eu d'autre choix que de la renier ou d'aller tirer la langue sur le bûcher. Il n'y a certes plus d'exécutions en France. Mais prétendre que l'on peut aspirer à l'éternité vous expose aujourd'hui à une autre sorte de mise à mort, moins douloureuse mais tout aussi étincelante. Lorsqu'il réclame notre internement psychiatrique, malgré le ton ironique qu'il emploie, le représentant de l'État veut nous envoyer symboliquement brûler en enfer. Car dire qu'il est envisageable de surpasser la mort est une hérésie des temps modernes, sans doute la dernière que l'on puisse proférer dans nos sociétés occidentales prétendument avancées. Il est temps de briser ce tabou. Dans quel tiroir vermoulu avons-nous remisé le positivisme qui fut à l'origine des plus belles avancées scientifiques du siècle dernier ? L'heure est venue de le rouvrir pour y trouver la réponse au seul vrai défi auquel nous sommes confrontés. Cette réponse, dont Léon Bernheim sera considéré comme l'un des précurseurs, commence par un « non » inflexible. Celui du refus de tenir pour acquis ce qui ne l'est pas. Ce que mon contradicteur nomme avec mépris « fantasme », nous l'appelons plus prosaïquement « doute ». Il est à l'origine de toutes les avancées scientifiques, n'en déplaise aux croyants de tous bords qui ont paré la mort d'un M majuscule jusqu'à en faire leur totem absolu. D'ailleurs, le mot leur fait tellement peur qu'ils ne meurent même pas : ils cessent d'être, ils décèdent, ils s'éteignent, ils disparaissent, ils rendent leur dernier soupir, ils s'endorment. Voilà ce qu'ils font. Il y en a même qui partent rejoindre leur Créateur ! Nous avons décidé pour notre part de tourner le dos à tous les obscurantismes pour renouer avec les lumières. Celles qui ont vu naître les Copernic, les Ambroise Paré et les Newton. Pourquoi Léon Bernheim serait-il condamné à mourir ? Parce qu'il est vieux ? Mais c'est odieux ! Il n'a rien demandé à personne, Léon. Le sable l'a lentement recouvert en se déversant du sablier. Alors quoi, nous devrions rester figés et assister à son ensevelissement sans lui porter secours ? De quelle humanité vous réclamez-vous, monsieur le commissaire du gouvernement ? Pas celle de la République que vous prétendez incarner, dont la devise vous impose, mais vous l'avez manifestement oublié, un devoir de fraternité. Et si je ne viens pas à l'instant de rappeler la définition de la non-assistance à personne en danger, que l'on me jette la première pelletée de terre ! Monsieur le président, mesdames et messieurs les juges, vous condamnerez l'État dans cette affaire car vous ne pouvez vous résoudre à laisser Léon Bernheim s'enliser sous vos yeux. Vous condamnerez l'État parce que rien n'est plus injuste que la mort d'un homme. Vous le condamnerez en un mot parce que vous refusez de poser la question « pour qui sonne le glas ». Il sonne pour nous tous et je vous demande de contribuer, par votre jugement, à faire cesser ce tintamarre.

Je fus accueilli en héros à la sortie du Palais par un attroupement qui scandait, sur l'air des lampions : « Durant président ! » Nous eûmes le plus grand mal à nous frayer un chemin vers le parking du pont Marie, d'autant que Léon freinait des quatre roues pour profiter de ce bain de foule impromptu. Je dis quelques mots en direction de la grappe de micros tendus dans ma direction. Je déclarai avoir une confiance inébranlable dans la justice de mon pays et ne pas douter qu'elle se prononcerait en faveur d'une cause aussi juste que celle de mon client. Interrogé à son tour, Léon se montra beaucoup plus prolixe. Il avait emporté un flacon de cognac qu'il avait déjà à moitié bu, à cause du stress du procès, et je pense qu'il ne maîtrisait plus ses propos. Bien calé dans sa chaise roulante, il se mit à expliquer avec l'emphase d'un télévangéliste qu'à travers lui, j'étais venu sauver le monde. Au terme d'une longue tirade sur la manière dont je l'avais libéré de son mouroir, il se dit certain que j'étais capable d'en faire autant pour le reste de l'humanité. Il conclut sur le fait qu'il était sans doute le doyen des Français et qu'à ce titre il se sentait un peu notre père à tous. C'était ce sentiment de responsabilité qui l'avait poussé à ouvrir la voie au moyen de cette procédure. Je tâchais de lui frayer un chemin en direction du parking du pont Marie mais il poursuivait ses efforts pour nous ralentir. Je finis par me prendre au jeu, m'arrêtai de temps en temps pendant que Léon adressait des salutations de sa main tremblante en direction des badauds agglutinés. J'en surpris quelques-uns qui s'inclinaient sur son passage en esquissant un signe de croix.

La scène était filmée et diffusée en direct puis en boucle sur BFM TV avec pour légende : « La campagne messianique de Max Durant ».

XXVIII

Le lendemain de cette audience agitée, j'ai reçu un e-mail inattendu. Mon psy m'invitait à discuter de la fin de ma psychothérapie. Sans doute m'avait-il vu dans un journal télévisé ou entendu m'exprimer à la radio, mais que pouvait-il avoir d'urgent à me dire ? Mystère. Poussé par la curiosité, j'ai accepté sa proposition.

— Excusez-moi de vous faire venir, commença-t-il, ce n'est pas la procédure habituelle, mais cela fait plusieurs mois que je n'ai pas de nouvelles de votre part…

— Ce qui vous inquiète pour vous ou pour moi ? l'interrompis-je.

— L'usage est de travailler la rupture du lien psychothérapique, poursuivit-il, sans relever la provocation.

— Eh bien parlons-en. Qui est à l'origine de cette rupture, selon vous ?

Il ne répondit pas, se contentant de me faire signe de poursuivre.

— Un psychothérapeute est censé adopter une posture de neutralité bienveillante à l'égard de son patient. Une chose est sûre, vous ne vous êtes montré ni bienveillant ni neutre à mon égard.

— La bienveillance s'avère quelquefois incompatible avec la neutralité. Dans votre cas, elle me dictait de m'opposer à un projet qui vous mène droit à l'impasse.

L'ambiance était tendue. J'avais le pressentiment d'un mauvais coup, sans voir pour autant où il voulait en venir.

— Certaines impasses offrent de belles perspectives, lui dis-je crânement.

— À propos d'impasse, j'ai vu que vous aviez décidé de transformer votre aspiration à l'immortalité en combat politique.

À première vue, expliqua-t-il, cela pouvait donner l'illusion d'une évolution favorable, mais me concernant, il se dit confronté à un cas de décompensation psychique.

— Ce qui signifie, en français ?

— Eh bien, si vous préférez, appelons cela une sortie du réel.

— Ah ! Et c'est grave, docteur ?

Il prit une longue respiration avant de répondre, comme s'il cherchait à se contenir.

— Le réel, monsieur Durant, c'est ce qui est encore là une fois qu'on a cessé d'y croire. Ce n'est pas de moi mais de Philip K. Dick.

— Vous le féliciterez de ma part ! Et ce réel dont vous parlez, est-ce le mien ou le vôtre ? D'ailleurs, puisque nous en sommes aux diagnostics, le mien est que vous vous dissimulez derrière votre métier pour consolider votre réalité vacillante. Vos patients vous servent de béquilles pour ne pas vous casser la gueule.

Il était vital que je sorte gagnant de ce bras de fer que nous avions entamé. Il était très fort mentalement, ça je le savais en acceptant ce rendez-vous. Mais son réel ne me faisait plus peur. Cathy, Samuel, Clara et tant d'autres en avaient fait les frais, ça suffisait comme ça.

— Même vacillante, la réalité reste la réalité, répliqua-t-il. Elle est aussi têtue que les faits. Vous aurez beau la rejeter, à la fin, c'est elle qui aura raison.

Il commençait à m'énerver avec sa raison.

— Il n'y a pas que les faits qui soient têtus. En chemin pour venir, j'ai traversé le Père-Lachaise et j'ai pu lire quelques épitaphes. À côté des citations bibliques, sans grand intérêt, il y a plein de tombes qui portent la mention du métier exercé par le défunt. J'ai retenu, au hasard, « Boniface Vernon, 1885-1953, conseiller d'État ». Il y en a des centaines d'autres, c'est dingue ! Le métier qu'exerçait un retraité, on a déjà tendance à s'en moquer, alors, que Boniface Vernon ait été conseiller d'État de son vivant, ça nous donne quoi de le savoir ? Et lui, vous pouvez me dire ce qu'il en retire ?

— Non, mais vous semblez avoir une idée sur la question.

— Oui, j'en ai une ! C'est que de tous ces fantômes, aucun ne lâche l'affaire. Ils sont morts mais ils restent là, en embuscade. Au moment de la résurrection ils ne comptent pas se contenter de revenir, ils veulent retrouver leur poste, avec tous leurs petits avantages. Voilà ce qu'elles nous disent, ces inscriptions !

— Enfin, c'est votre interprétation, ça n'est pas exactement ce qui est écrit…

— Venant de quelqu'un qui passe son temps à interpréter ce qu'on lui dit, la remarque est croustillante.

Il prit son air détaché que je connaissais bien et qui signifiait : « Venez-en au fait. »

— Bon, je n'ai pas les moyens de ressusciter Boniface Vernon…

— Ce qui vous distingue du Messie, voilà déjà une bonne nouvelle, me coupa-t-il.

— La bonne nouvelle, en temps normal, c'est le Messie justement… Mais ça, c'est selon les saints Évangiles, pas selon votre sainte réalité. Cela dit, avec les progrès de la science, on ne sait jamais… Il est question de ressusciter un mammouth à partir du matériel génétique retrouvé sur un fossile dans les steppes de l'Asie centrale et de le réintroduire au Kazakhstan. C'est une équipe de chercheurs français qui travaille sur le sujet. Ça me fait penser qu'il faudra que je leur parle de ce Boniface et de sa réintroduction au Conseil d'État.

— Je ne vois pas bien le rapport, tenta-t-il, sans conviction.

— Eh bien, si je ne peux pas leur garantir la résurrection, je peux en revanche offrir à mes contemporains l'option de ne pas mourir. La vieillesse fait suffisamment de ravages, il faudra s'en occuper, mais l'urgence, c'est la mort et son éradication.

Mon psy se mit à s'agiter dans son fauteuil.

— Je vois... Depuis quelques semaines, j'assiste à vos performances médiatiques. Bravo, vous êtes très télégénique ! Il y a cependant un petit problème. C'est qu'avec votre pseudo-immortalité répandue sous forme de promesse électorale, au-delà de votre propre équilibre psychique, vous allez finir par faire vaciller celui de vos adeptes. À en croire les sondages, votre activisme est devenu une préoccupation de santé publique. Si ça continue, on se dirige vers un désastre psychiatrique.

— Et que comptez-vous faire ? Vous présenter contre moi ?

— Je vous rappelle que je suis psychiatre. Mon rôle est de vous aider à sortir de votre délire mégalomaniaque, non de vous y rejoindre. Si vous persistez dans cette mascarade de candidature, je n'aurai d'autre choix que de solliciter votre hospitalisation d'office, comme me l'impose le Code de la santé publique.

Voilà, nous y étions. C'était donc cela qu'il me préparait. Une castration symbolique, pour reprendre son propre jargon, ni plus ni moins.

— Eh bien dites-moi, docteur ! Je vous croyais démocrate.

— Il n'est pas question ici de démocratie, mais de maladie mentale.

— C'est exactement le discours que les agents du KGB ont sorti à Leonid Pliouchtch avant de l'interner.

— Sauf que vous n'êtes ni Leonid Pliouchtch ni Jésus. Votre cause se limite aux contours de votre nombril, un objet, ne vous déplaise, insuffisant à la rendre universelle.

C'était la première fois que je le voyais s'énerver.

— Je n'imaginais pas qu'un psychiatre pût se retourner contre son patient. Et vous allez vous y prendre comment ? Violer le secret professionnel auquel vous êtes tenu ? Même Judas n'est pas allé aussi loin. Mais il est vrai qu'il n'était qu'un petit voleur, sans le moindre diplôme.

— Pour la dernière fois, vous n'êtes pas le Messie et je ne suis pas Judas. Puisque vous semblez me reconnaître encore la qualité de psychiatre, je vous prescris de renoncer à votre campagne avant qu'elle ne provoque une épidémie de troubles psychiatriques.

— C'est à se demander pour le compte de qui vous roulez. Peut-être mes adversaires se sont-ils regroupés pour faire appel à vos services ? Dites-leur que cela ne fait que me rassurer sur mes chances de succès.

Il sembla se radoucir et se leva, préoccupé.

— Ma porte vous reste ouverte à tout moment, si vous le souhaitez, il vous suffit de m'appeler et je vous recevrai sur-le-champ, conclut-il.

Que vouliez-vous que je réponde face à cette arrogance obstinée ?

— Cela me paraît inutile, dis-je en me levant à mon tour, je ne vous ferai pas changer d'avis. Vous êtes comme tous les fondamentalistes, vous tenez plus à votre doctrine qu'à la vie.

Je rentrai, contrarié, de mon rendez-vous. Ce type poussait un peu loin le bouchon. Qu'est-ce qu'il s'imaginait ? C'était moi qui allais faire un signalement à son sujet auprès de la Société psychanalytique de Paris pour demander qu'on lui retire son agrément. Comment osait-il sortir ainsi de son rôle de thérapeute et me menacer ?

Finalement, rien n'a changé depuis le Moyen Âge. Ils se sont contentés de troquer les moines bénédictins du *Nom de la rose* contre les psychiatres de *Vol au-dessus d'un nid de coucou*. Même la durée de leurs études est restée identique : dix années entre le postulat et le sacerdoce, le même nombre d'années de médecine jusqu'au diplôme d'État de psychiatrie. Quant aux institutions chargées de veiller à la conservation de l'ordre établi, le tribunal pontifical a été remplacé par le tribunal correctionnel, c'est tout. Le collège de *boni viri* nommé par la Sainte Inquisition a fait place au collège d'experts psychiatres désigné par le juge d'instruction. La seule modification concerne la caractérisation de l'hérésie : ils ont substitué la déviance à la mécréance.

Je tentai de me débarrasser de ma mauvaise humeur en arrivant à la maison. Nous étions déjà en octobre et fêtions les 6 mois de Catianne. Elle ressemblait de plus en plus à Cathy, son regard particulièrement. Elle s'asseyait toute seule et saisissait les objets qu'on lui tendait avec une précision surprenante pour son âge. Il émanait de ce bébé une forme de sagesse, de mystère même, que tous ceux qui l'ont approché ont ressenti.

Avant de la coucher, je lui racontai une fois de plus l'histoire de Petit Ours brun à la neige. Il y a un passage dans lequel la maman de Petit Ours brun lui crie de faire attention à ne pas déraper sur la glace. Catianne pointa son index sur le mot « attention ». J'eus beau essayer de poursuivre la lecture, elle m'empêchait de tourner la page, pointant le mot avec obstination en me fixant de ses yeux noisette, comme si elle voulait m'avertir d'un danger imminent. J'ai changé sa couche, lui ai donné le biberon et l'ai mise au lit.

— N'aie pas peur, lui ai-je soufflé en l'embrassant, nous ne mourrons jamais plus, je te le promets.

Ma mère m'avait fait la même promesse il y a trente ans. Sauf que moi, je la tiendrais.

XXIX

À sept mois du scrutin, l'institut Ipsos m'attribuait 13 % des voix au premier tour. Selon l'échantillon représentatif consulté, la cible impactée en priorité par mon créneau était celle des plus de 60 ans, auprès desquels je culminais à 36 % des intentions de vote. Plus étonnant, ils étaient 27 % dans la tranche des 18-30 ans à se déclarer sûrs de voter pour moi. M6 diffusa un micro-trottoir réalisé à la sortie de plusieurs universités. Les jeunes interrogés me trouvaient génial, j'étais le « punk de la politique ». La vie éternelle, comme promesse électorale, c'était de ouf. Au cours du débat qui suivit, les deux politologues invités se dirent malgré tout sceptiques quant à mes chances si je n'améliorais pas mon score auprès des cadres et professions intellectuelles supérieures. Un troisième expert, ancien normalien et auteur de *L'Éthologie de l'entre-deux-tours*, me suggéra de diversifier mon offre politique en tablant sur des thématiques plus porteuses. Les deux premiers firent la moue. L'essentiel se situait ailleurs. D'après eux, ce qu'il me fallait, c'était endosser le costume du président, incarner la fonction.

Pendant qu'ils devisaient savamment à mon sujet, j'ai appelé le numéro vert affiché à l'écran. Lorsque la standardiste a compris qui j'étais, elle m'a prié de rester en ligne. On allait diffuser mon intervention en direct. Après quelques minutes d'attente, j'ai entendu une voix féminine déclarer :

— Pardon de vous interrompre, messieurs, mais l'on m'informe que nous recevons un appel de Max Durant, qui souhaite intervenir dans le débat. Vous avez la parole, monsieur Durant, nous vous écoutons.

— Je vous remercie. Je voudrais tout d'abord tirer mon chapeau aux experts présents sur votre plateau. Messieurs, vous êtes très socioprofessionnels. Vos analyses m'impactent grave, mais j'aimerais apporter une petite précision. L'immortalité qui fonde mon programme touchera tous vos segments, créneaux, tranches, catégories et paniers de la ménagère. Mon offre politique n'est peut-être pas diversifiée, mais elle fera entrer l'humanité dans une nouvelle dimension. Le temps, par essence, n'aura plus le même sens, à supposer qu'il en conserve encore un. Alors pardonnez-moi, mais vos taux de crédits à court ou à long terme, l'allongement du congé maternité ou l'âge de départ à la retraite deviendront des sujets d'histoire, pour ne pas dire de paléontologie.

Ma prise de bec avec les experts suscita une pluie de réactions sur les réseaux sociaux, pour la plupart favorables. Le slogan « Il assure hein, Max ! » se propagea à coups de tweets et de retweets au point de finir dans les rues, sous forme de campagne d'affichage.

Une nouvelle hausse dans les sondages me valut quelques ralliements. Ce fut d'abord la dirigeante du parti communiste qui déclara publiquement que la cause que je défendais était juste. La plus flagrante des inégalités résidait dans les treize années d'écart de longévité entre les classes aisées et les classes populaires. Il n'y avait rien de plus scandaleux. En prônant l'immortalité pour tous, je m'inscrivais dans la lignée marxiste. L'économie devait être au service de l'humanité et non l'inverse. La vie passait avant les profits des marchés financiers. Il conviendrait de les taxer lourdement, à commencer par le business de la mort. Elle se mettait à ma disposition pour contribuer, par tous ses moyens et ceux de son parti, au succès de ma candidature. Jérôme Tricoire la fit entrer dans notre équipe de campagne en lui promettant le ministère des Transports. Elle n'était donnée qu'à 2,5 %, mais avec elle nous serions épaulés par un vaste tissu d'élus locaux prêts à nous apporter les parrainages indispensables.

Dans la foulée, je fus contacté par un ancien ministre du centre droit. Il souhaitait me rejoindre sans exiger la moindre contrepartie. Il venait d'apprendre qu'il était atteint d'une maladie dégénérative qui réduisait drastiquement son horizon. Mon élection était devenue pour lui une urgence, il n'aurait pas le temps d'attendre la prochaine. Il tenait dans un magazine à gros tirage une tribune qu'il allait me consacrer pour me soutenir.

À quatre mois de l'ouverture officielle de la campagne, je fus invité à l'émission *Face au public*, le fameux débat politique en *prime time* sur la 2. J'y fus d'abord interrogé par Bernard Massin, l'écolo-sociologue en vogue du moment. Cheveux grisonnants aussi rares que longs, boucle d'oreille à l'oreille gauche et vieux pull en laine de yack, il commença sur un ton condescendant.

— Personne ne veut mourir, depuis les pharaons jusqu'à Elon Musk. Moi-même qui vous parle, je dois vous avouer que c'est une perspective qui ne m'enchante guère. Mais enfin, c'est la loi de la nature et la condition du renouvellement générationnel. Puisque vous aspirez aux plus hautes fonctions de l'État, j'ai dû me plonger dans votre biographie. Pour la résumer, je dirais que vous êtes le fils unique d'un père chef d'entreprise et d'une mère enseignante, tous deux issus de la haute bourgeoisie parisienne. Vos parents ont perdu la vie dans un accident de voiture lorsque vous aviez 12 ans, en vous laissant une fortune importante. Vous avez récemment épousé une avocate avec laquelle vous avez conçu un enfant par GPA et vous combattez la mort qui fait partie du cycle de la vie. Alors ma question est la suivante : quelle est la place de la nature dans votre projet politique ?

J'avais trop bataillé dans les prétoires pour être déstabilisé par une telle agression.

— Eh bien, monsieur Massin, je me suis moi aussi intéressé à vous, ce qui m'a permis d'apprendre que vous étiez un catholique observant, contrairement à ce que suggère votre boucle d'oreille. J'en déduis que, selon votre propre perception du monde, la nature est loin de constituer la norme suprême. Elle s'efface derrière des phénomènes surnaturels tels que l'immaculée conception ou la résurrection. Ma fille, Catianne, dont vous mettez la gestation en cause, est le fruit de l'amour, au sens le plus chrétien du terme. Celui que j'ai porté à une femme exceptionnelle, décédée prématurément, puis à mon épouse actuelle, qui nous a fait le don de porter notre enfant jusqu'à lui donner le jour. Qu'y a-t-il de condamnable dans cet acte altruiste ? Pour répondre plus directement à votre question, je suis un humaniste. À ce titre, et contrairement à vous, je n'ai pas de vision fétichiste de la nature. J'en prends soin lorsque sa préservation est en adéquation avec l'intérêt supérieur de l'humanité. Je la combats lorsqu'elle s'y oppose. C'est à ce combat que nous devons d'être ici ce soir et non dans une grotte avec un gourdin à la main, à la place du micro.

Ses autres questions étaient de la même veine. En guise de dernière pique, il me demanda si ma perception du pouvoir était la manipulation, comme celle dont j'avais usé en m'abritant derrière un malheureux vieillard pour attaquer l'État sous la fantasque accusation de non-assistance à personne en danger.

— Votre question est intéressante dans ce qu'elle révèle de vous, monsieur Massin. Léon Bernheim a

108 ans, soit. Cela ne fait pas de lui un être inférieur. Comme la plupart de vos contemporains, vous considérez qu'au-delà d'un certain âge il est normal de n'avoir plus voix au chapitre. Avez-vous seulement pris la peine de le rencontrer ? Non, bien sûr ! Car telle est la conception de la sociologie que vous partagez avec beaucoup de vos confrères : une discipline au service de vos préjugés. Quand vous aviez 20 ans, vous estimiez déjà qu'un type de 60 ans était fini. Maintenant que vous les avez atteints, vous pensez avoir repoussé la limite en vous faisant pousser les cheveux et en arborant un bracelet indien. C'est pitoyable. Sous mon gouvernement, les propos que vous avez tenus au sujet de mon ami Léon seront punis par la loi, sous l'incrimination de gérontophobie.

Je fus ensuite interrogé par un spécialiste des relations internationales. Il voulait savoir ce que je pensais des grands conflits géostratégiques du moment. Je lui répondis que notre ambition était universelle. Xi Jinping comme Poutine et Kim Jong-un comprendraient qu'un tel objectif ne peut s'atteindre par la voie militaire. Je faisais également le pari qu'entre soixante-douze vierges et la vie éternelle, les dirigeants de l'État islamique choisiraient la deuxième option. De mon point de vue, une fois la mort vaincue, les religions s'effondreraient comme des châteaux de cartes, entraînant dans leur sillage tous les nationalismes, jusqu'au régionalisme breton.

Pour finir, on m'opposa l'« invité surprise », et je dois dire que pour une surprise, c'en fut une. Ils avaient sorti de leur chapeau le médium qui sévissait depuis quelque temps dans toutes les émissions *people* à gros Audimat, Patrick Charrier. Ce type prétendait entrer en communication avec les morts dont il restituait la parole à des veuves éplorées ou à de vieux et riches orphelins. D'après lui, aucun des fantômes avec lesquels il avait dialogué n'aspirait à revenir dans notre monde, ils semblaient tous satisfaits de leur sort. Était-il raisonnable de priver l'humanité d'une telle expérience ?

Je ne souhaitais priver personne de quelque expérience que ce fût, bien au contraire. Mon engagement politique visait à combattre la plus irréversible et inexorable des privations. Ceux qui considéraient la mort comme une opportunité étaient libres d'y céder, voire de s'y précipiter. Sous mon quinquennat, le suicide assisté serait légalisé. Je n'empêcherais personne de mourir pourvu que ce soit l'expression d'un choix éclairé. J'avais dit cela sur le ton excédé que m'inspirait ce devin d'opérette, avant de l'interpeller pour finir :

— Vous qui avez une vision idyllique de la mort, monsieur le télépathe, que déciderez-vous, le jour venu, si vous avez le choix ?

— La vie n'est pas une fin en soi, pérora-t-il.

— La mort, si !

Cette dernière réplique me valut les applaudissements des spectateurs au premier rang desquels se tenait mon directeur de campagne, Jérôme Tricoire. Une nuée de pancartes « Il assure hein, Max ! » s'agitèrent sous l'œil des caméras pendant que le médium, fâché, quittait le studio sous les quolibets du public.

J'eus droit pour finir à quelques questions de téléspectateurs. L'une d'elles voulait savoir à quoi ressemblerait un monde de vieillards, errant sans but pendant des centaines d'années.

Je n'avais pas de réponse argumentée à lui apporter. Contrairement à Patrick Charrier, je n'étais pas un gourou et je n'imposais rien à personne. J'offrais des opportunités, pas un mode d'emploi. L'éternité que je m'efforcerais de rendre possible resterait optionnelle, y compris pour les multicentenaires. Un tel bouleversement aurait de nombreuses et lourdes conséquences que personne ne pouvait anticiper, je ne faisais pas exception à la règle. Tout ce que je pouvais dire, c'était que l'on n'avait jamais arrêté le progrès au nom des répercussions imprévisibles qu'il générerait, et Dieu sait qu'elles furent nombreuses au cours de l'histoire ! Avec un tel bouleversement le monde serait sans doute à réinventer, je faisais confiance à l'ingéniosité humaine pour y parvenir.

XXX

Le débriefing à la mairie se déroula dans une ambiance festive. Selon Jérôme Tricoire, j'avais encore marqué des points sur France 2, notamment en mouchant le médium, ce que les prochains sondages ne manqueraient pas de confirmer. Il s'était rendu compte qu'il restait un filon important à exploiter dans le *storytelling* de ma campagne. Il n'avait pas prêté suffisamment d'attention à l'aspect mystique de ma biographie. En suivant le débat, ma relation avec Marianne et Cathy lui était apparue comme une parabole de la sainte Trinité. En nous y prenant avec subtilité, nous enverrions à l'électorat un message subliminal dont la portée serait considérable. Si Marianne acceptait d'intervenir dans la campagne avec l'enfant, pour donner une touche messianique à ma candidature, la victoire était à portée de main. Cette idée mit l'équipe en transe. On allait faire appel à Marc Segarra, le génial publicitaire et ami personnel de Jérôme, qui saurait mieux que personne tirer tout le jus de la métaphore.

La réunion terminée, Jérôme m'a demandé de rester un peu, il voulait me voir en tête à tête. Il ne fallait pas nous réjouir trop vite, les forces hostiles n'avaient pas encore mis le turbo. Maintenant que je faisais figure de vainqueur potentiel, je devais me préparer à une salve de coups bas.

— Ils vont vouloir te salir par tous les moyens. Tu seras accusé de machisme, de conservatisme, de fraude fiscale. Et si ta cote continue de monter, ils n'hésiteront pas à dégainer la pédophilie.

Nous allions traverser une zone de turbulences, au moins jusqu'au second tour. Jérôme resterait fermement aux commandes, je pouvais compter sur lui, mais c'était sa première bataille présidentielle. À ce stade, il serait sage de s'adjoindre un vrai directeur de campagne. Un *spin doctor* qui saurait détecter les boules puantes et les renvoyer à l'expéditeur. Il avait quelques noms en tête, verrait cela dans les prochains jours et me tiendrait au courant, il ne fallait pas traîner. En attendant, je devais sortir tout mon linge sale de mes placards, depuis ma plus petite amende pour excès de vitesse jusqu'aux travaux d'intérêt général dont j'avais écopé vers la fin de mon adolescence, pour usage de cannabis. Ne rien omettre surtout, car la pire des erreurs serait d'éluder mes points faibles et de ne pas anticiper les coups.

Je rentrai de la réunion ragaillardi. Marianne serait ravie de s'afficher à mes côtés dans les magazines. Il faudrait juste parvenir à brider ses penchants exhibitionnistes. J'étais loin d'imaginer ce qui m'attendait.

Je la trouvai affalée dans le fauteuil, en pleurs, pendant qu'elle donnait le biberon à Catianne. Le facteur venait de lui remettre une lettre recommandée m'enjoignant de me présenter dans les quarante-huit heures à l'Unité pour malades difficiles de l'hôpital Guiraud de Villejuif. Ce document me déclarait atteint de troubles psychiques nécessitant des soins immédiats, ce dont attestait un certificat médical en leur possession. La convocation précisait que je serais examiné par un deuxième psychiatre, conformément aux règles de la procédure d'internement d'office.

Mon psychothérapeute avait donc mis ses menaces à exécution.

J'ai tenté de consoler Marianne et Catianne qui, malgré ses 6 mois, semblait aussi consternée que sa mère. Il s'agissait d'une manœuvre de déstabilisation politique, il fallait s'y attendre, je ne me prêterais pas à cette mascarade.

Marianne pensait que je ferais mieux de laisser tomber, tant pour Catianne que pour nous deux. Il n'était pas trop tard. Si je renonçais à ma candidature, ils cesseraient de s'acharner comme ils le faisaient et nous nous épargnerions beaucoup de misères. Pourquoi ne pas partir dans les Cévennes, élever des chèvres, loin de cette effervescence malsaine ?

— Pour ne pas mourir. Ces misères ne sont rien à côté de ce qui nous attend si nous restons assis, les bras croisés. Je vais gagner cette élection, tu verras, on mettra le paquet sur la recherche et tu auras l'éternité devant toi pour les garder, tes chèvres.

Le coup de l'internement psychiatrique était trop gros pour être vrai. Je n'allais pas céder à ce chantage scandaleux. Pour assurer le coup, j'écrivis au directeur de l'UMD de Villejuif, avec copie à l'Agence France-Presse.

Monsieur le directeur,

On vous a sans doute mal renseigné, je vais très bien et vous remercie de votre sollicitude.

Je ne représente un péril imminent pour personne si ce n'est pour les autres candidats à l'élection présidentielle, voire pour l'industrie des pompes funèbres, et encore. En ce qui concerne cette dernière, mon programme prévoit une compensation économique ainsi qu'une aide ciblée à la reconversion professionnelle dans le secteur de l'emballage et de l'enfouissement des déchets.

Par ailleurs, j'ai bien conscience qu'en finir avec la mort entraînera une chute significative du nombre de patients, notamment en soins palliatifs, mais aussi en psychiatrie. Je n'ai pas d'inquiétude pour les médecins. Une mise à jour de leurs connaissances leur suffira pour venir renforcer l'effectif de leurs collègues généralistes. Ce sera une opportunité inestimable pour irriguer nos déserts médicaux et pallier les insuffisances chroniques de l'hôpital. Car en supprimant la mort, je ne supprime pas la maladie, du moins pas encore. Je suis en revanche moins optimiste au sujet des psychologues. Ils sont environ 80 000 en

France, certains dans des situations déjà précaires. Il faudra envisager pour eux un plan de soutien exigeant, mes équipes y travaillent. À cet égard, j'ai demandé à mon directeur de campagne de prendre contact avec vous, ce qu'il fera prochainement pour recueillir vos suggestions sur ce sujet délicat. Nous sommes soucieux de réunir toutes les compétences susceptibles d'améliorer notre programme, la vôtre nous sera précieuse.

J'aurais personnellement plaisir à vous rencontrer aussi tôt que possible. Malheureusement, en raison de l'accélération de la campagne, mon agenda ne me permet pas de vous proposer une date dans l'immédiat. Je vous prie de bien vouloir m'en excuser.

Dans cette attente, je vous prie de croire, monsieur le directeur, en l'assurance de mes sentiments les meilleurs.

Ma lettre a été reprise dans *Le Parisien*, de quoi fermer le clapet de cet Antony Giraud, directeur adjoint du centre hospitalier de Villejuif.

Une semaine plus tard, à 6 heures du matin, deux mastodontes en blouse blanche accompagnés de trois policiers tambourinèrent à notre porte, nous réveillant en sursaut. Ils étaient en possession d'un arrêté du préfet ordonnant mon hospitalisation d'office.

J'avais une demi-heure pour faire ma valise. Tout en rassemblant mes affaires, je laissai un message à Fanny, lui demandant de faire appel de mon internement, devant le juge des libertés et de la détention.

Ce n'était pas sa spécialité, mais je pouvais compter sur elle pour faire au mieux. Sous son flegme apparent, je savais qu'il y avait une fille sensible et combative. En bas de l'immeuble, un journaliste de *Paris Match*, prévenu je ne sais comment, nous mitrailla de son appareil photo. J'esquissai un V de la victoire et parvins à lui dire, avant d'être poussé dans l'ambulance :

— Pour le choc des photos, je vous fais confiance. Pour le poids des mots, je vous suggère : « La vérité muselée ».

Ils avaient donc mis leur plan à exécution. Les turbulences annoncées par Jérôme arrivaient plus vite que prévu. En pleine rafle, j'essayai de me rassurer. Aucune entreprise d'envergure n'avait vu le jour sans obstacles, la mienne n'échappait pas à la règle. Ma mission m'imposait d'affronter l'adversité, je me doutais que ce ne serait pas facile et qu'il me faudrait faire preuve d'acharnement. C'est dans cet état d'esprit combatif que j'arrivai à l'UMD de Villejuif où je fus examiné par le fameux deuxième psychiatre, un pauvre type hirsute, à mi-chemin entre clodo alcoolique et insomniaque chronique. Il ne lui fallut pas plus de cinq minutes pour confirmer que j'étais atteint d'un délire mégalomaniaque de forme paranoïde, nécessitant des soins urgents. Les deux molosses me conduisirent au pavillon 38 des « entrants », où l'on m'enferma à l'isolement complet. Deux jours dans une pièce dépourvue de tout, même de rideaux, un lit en fer et une table de chevet arrimés au sol en guise de mobilier. En dehors de la succession des jours et des nuits, le temps fut rythmé par le seul entrebâillement de la porte blindée à travers laquelle, trois fois par jour, on balançait dans ma cage un plateau-repas à la manière dont on nourrit les fauves. Pour garder un semblant de moral, je m'entretins physiquement et psychiquement. Entre pompes, étirements et abdos, je chantai à tue-tête jusqu'à en faire trembler les murs. Cela me valut quelques remontrances, mais que pouvaient-ils m'infliger de plus ?

Le troisième jour, je fus emmené au tribunal, dans un fourgon cellulaire, pour comparaître devant la juge des libertés et de la détention. Il y avait à l'entrée une centaine de manifestants qui scandaient mon nom. Quelques banderoles affichaient : « Il est libre, Max ». Marianne était là, avec Catianne dans sa poussette, mais elles avaient interdiction de m'approcher et nous étions séparés par une barrière de sécurité.

Fanny a fait le job. Elle a qualifié d'atteinte sans précédent à la démocratie l'arrestation d'un candidat à l'élection présidentielle sous le prétexte dévoyé de troubles psychiatriques. Le seul trouble dont elle admettait l'existence était celui causé par mon programme dans quelques esprits rétrogrades. Elle les assurait de sa sympathie, mais aucune camisole de force ne pourrait contenir la vérité. Elle demandait ma remise en liberté immédiate, à titre subsidiaire une contre-expertise par un psychiatre indépendant, avec une levée de la mesure d'internement dans l'attente du résultat.

Le procureur requit la confirmation de ma détention. Elle se justifiait par la production de deux certificats de spécialistes concluant l'un comme l'autre à une psychose mégalomaniaque au retentissement dévastateur. Tant que j'avais accès à la presse, je représentais un danger immédiat pour l'ordre public.

Lorsque la juge me demanda ce que j'avais à ajouter, je suggérai une expertise psychiatrique des psychiatres m'ayant expertisé.

Je sortis du tribunal entre quatre gendarmes. Sur le parvis, j'aperçus Léon dans sa chaise roulante. Des manifestants lui lançaient des pétales de fleurs. Il leva vers moi ses pouces déformés par l'arthrose, en signe d'encouragement.

Marianne surprit les gardiens en lâchant sa poussette sur leur passage pour se jeter sur moi. Elle parvint à m'embrasser et à me souffler à l'oreille un « Je t'aime » ardent, avant qu'ils ne nous séparent et ne me fassent remonter dans le fourgon qui me ramena à l'UMD.

La juge des libertés et de la détention rendit son ordonnance le soir même. Elle désignait un collège de trois psychiatres pour procéder à ma contre-expertise. La mauvaise nouvelle était qu'elle confirmait la mesure d'internement d'office, dans l'attente de leur rapport.

J'emménageai le jour même dans une chambre du pavillon 37. Mes compagnons d'infortune, avec lesquels je partageais la salle commune équipée d'un baby-foot et d'un téléviseur, n'étaient pas d'un caractère très sociable. Il y avait là Momo, surnommé

Sisyphe par le personnel, 30 ans, et qui en paraissait le double. Il s'appliquait à disposer des cartes à jouer sur la table en fer, selon un agencement précis auquel il semblait attacher la plus haute importance. Aussitôt qu'il avait terminé, il ramassait les cartes et répétait l'opération à l'identique. Tout ce que l'on pouvait obtenir de lui était un rire niais accompagné d'un filet de bave, qu'il émettait sans détourner les yeux de son activité compulsive.

Au fond de la salle, Dédé, la quarantaine rugissante, se balançait sur une chaise en produisant des cris rauques et inarticulés. Il était impossible de le faire taire, les infirmiers y avaient renoncé depuis longtemps. Quant aux autres internés, ils ne paraissaient nullement incommodés par ses hurlements intempestifs. Au contraire, ils éprouvaient une affection particulière pour Dédé qu'ils considéraient un peu comme leur porte-parole.

Lorsqu'il n'était pas en quête d'un partenaire de baby-foot, Karim, un jeune Kabyle, se morfondait au fond du seul fauteuil disponible. Si vous acceptiez de jouer avec lui, vous aviez le plus grand intérêt à perdre la partie, car il pouvait se montrer violent.

Les autres internés relevaient plus ou moins de l'un de ces profils, à l'exception de Simon, dont l'histoire était la plus originale. Le malheureux avait égaré le double de ses clés dans une cabine d'essayage du marché aux puces. Depuis, chaque nuit, la vendeuse qui les avait retrouvées s'introduisait chez lui pour le violer, pendant son sommeil. Sa quatrième plainte au commissariat l'avait conduit parmi nous. Simon était un juif religieux plutôt cultivé, avec lequel on pouvait discuter de tout, sauf de sexe. Cette restriction contrariait au plus haut point les autres internés. Avides de détails, ils le pressaient de questions sur les viols répétés qu'il avait subis. Lorsqu'ils le laissaient tranquille, nous avions de longs échanges sur l'Ancien Testament, qu'il connaissait par cœur.

— Ce qui me rend fou, dans ta Bible, lui ai-je dit un jour, c'est la raison pour laquelle nous sommes tous devenus mortels. Je suis désolé, mais cette histoire d'Ève qui a croqué dans le fruit défendu est irrecevable. Admettons une seconde qu'il s'agisse d'un acte grave. Allons jusqu'à accepter qu'il mérite la peine de mort, même si c'est un peu fort de café. Mais là, c'est une punition collective qu'on se prend tous dans la gueule. Un truc que même le code de justice militaire interdit. Et je ne te parle pas de prescription, une notion apparemment étrangère à ton Dieu… Presque six mille ans après les faits, la peine n'est toujours pas levée ? On n'a jamais vu un truc pareil.

Il m'a répondu que je n'avais pas le droit de juger Dieu.

— Tu ne peux pas t'en prendre à quelqu'un dont tu nies l'existence. En plus, il n'a pas d'avocat pour se défendre, a-t-il conclu, lapidaire.

Nous n'étions d'accord sur rien, mais je dois dire que sa présence m'aura été d'un grand soulagement. Au moins, avec lui, j'avais à qui parler.

Nous n'avions pas d'accès à Internet au pavillon 37. Quant à la vie sexuelle, elle se limitait, pour les plus imaginatifs, à la masturbation.

Je n'avais pas droit aux visites pour l'instant, en dehors de celles de mon avocate. Mon seul contact avec Marianne se résumait à des échanges de lettres.

Fanny venait me voir tous les jours, avec des nouvelles de plus en plus désastreuses. Jérôme avait convoqué une conférence de presse dès le lendemain de la descente de police. Il a déclaré que mon internement arbitraire était digne des meilleures feuilles de *L'Archipel du goulag*. Un seul journal a consacré un éditorial pour s'interroger sur la légalité de mon arrestation. Dans l'ensemble, la presse écrite s'est contentée de relayer le diagnostic de folie paranoïaque dont j'avais été affublé. Sur les chaînes d'information continue, les inondations sans précédent qui s'étaient abattues sur le Sud-Ouest ont également noyé le scandale de mon incarcération. Dans la foulée, les sondages nous concernant s'étaient effondrés. En deux semaines, j'étais passé de 18 % à 7 % des intentions de vote. J'ai encouragé Jérôme à prendre le relais mais il était inconnu du grand public et n'avait aucune chance d'atteindre la barre des 5 %, selon les projections les plus favorables des instituts de sondage.

Quant aux recours judiciaires que nous avions entrepris, ils ne seraient traités que bien trop tard.

Il fallait se rendre à l'évidence : notre campagne avait été tuée dans l'œuf.

XXXI

Les trois psychiatres désignés vinrent me rendre visite la semaine suivante. L'interrogatoire se déroula dans le bureau du directeur adjoint, une pièce sombre aux peintures défraîchies, à l'image du reste de l'établissement.

Après m'avoir posé quelques questions sur ma petite enfance et l'accident de mes parents, le psychiatre en chef accéléra le mouvement. Ils n'avaient pas beaucoup de temps à me consacrer et souhaitaient aborder l'essentiel. Ce qu'ils voulaient comprendre, c'était la manière dont avait germé en moi cette idée de lutter contre la mort que je semblais, insista-t-il, considérer comme une maladie.

— Je vois où vous voulez en venir… La peste s'appelait « la mort noire » au XVIe siècle, et l'on n'envoyait personne à l'asile pour usage de cette expression. Alors non, je ne considère pas toute mort comme une maladie. Je fais la distinction entre les maladies, qui représentent 90 % de la mortalité globale, et les accidents comme celui de mes parents ou les guerres, contre lesquels je n'ai rien à proposer. Encore qu'en ce qui concerne les guerres, je suis d'avis qu'elles disparaîtront une fois la cause principale de la mort éradiquée.

Je n'allais tout de même pas raconter à cet expert fantoche que c'était ma mère qui m'avait fait la promesse de ne pas mourir. Non seulement ça ne le regardait pas, mais il serait foutu dans son rapport de faire d'elle une psychopathe à titre posthume.

Les trois experts échangèrent un regard entendu. Sigmund Freud passa le relais à son collègue, le Dr Kerouec. Aussi obtus que les autres, il se concentra sur le sens de mon aventure politique. Il voulait savoir comment je pensais diriger un État sans aucune expérience préalable. Je lui fis remarquer que la moitié des candidats en étaient au même point que moi, sans qu'aucun préfet ou psychiatre s'en émeuve. Puis il en vint à l'essentiel, à en juger par le demi-sourire qui s'afficha sur son visage. Il sortit d'un geste satisfait un document de son attaché-case.

— Il y a quelque temps, vous avez rédigé ce « contrat » que vous avez intitulé « Pacte avec le diable ». Vous comptiez y céder votre âme à ce dernier en contrepartie de la vie éternelle. D'après votre psychiatre de l'époque, vous l'auriez même invité à le signer avec vous. Qu'avez-vous à nous dire à ce sujet ?

Mon psychiatre m'avait encore trahi en transformant une simple plaisanterie en pièce à conviction.

— Ce que j'ai à vous dire, c'est qu'avec tout ce qui m'arrive ces derniers jours je me demande si je ne vais pas commencer à y croire pour de vrai, au diable.

Je pensais l'interrogatoire terminé, mais le Dr Kerouec n'en avait pas fini avec moi. Il plongea à nouveau la main dans sa mallette d'où il sortit en l'agitant bien haut un dossier bleu intitulé « Session disciplinaire du 20 janvier 2009 ».

— J'ai là un arrêté de la juridiction disciplinaire du conseil de l'ordre des avocats ordonnant votre suspension pour une période d'un mois. Il mentionne que vous avez commis une agression à l'encontre de votre propre client en pleine audience. Cet acte ne serait-il pas le reflet d'une violence immaîtrisée devant la frustration ?

Voilà comment ils avaient décidé de refermer leur étau. L'Inquisition ne connaissait ni pardon, ni prescription.

Je leur dis bien sûr que l'incident datait de plus de quinze ans. Qu'il était survenu dans une circonstance particulière, une affaire qui avait réveillé la douloureuse histoire de la perte de mes parents. Que de toute ma vie, en dehors de cette faute de jeunesse, aucune violence ne pouvait m'être reprochée. Qu'enfin j'avais payé cette erreur, tant professionnellement que psychiquement. Mais tout cela, je le récitai machinalement. La cause était entendue, le débat inutile.

Après quelques chuchotements de concertation, ils furent d'accord pour considérer que l'entretien était terminé.

Avais-je quelque chose à ajouter avant qu'ils ne délibèrent ? Oui, j'avais une dernière chose à leur dire :

— Votre vision du monde est profondément conservatrice. Les changements sociétaux, c'est pas un truc pour psys. On l'a bien vu, que ce soit sur l'égalité hommes/femmes, la normalisation de l'homosexualité ou la transidentité. Alors un trans-vivant comme moi, pas même répertorié dans votre manuel des déviances, c'est forcément un fou, de préférence à lier.

Pour finir, je leur ai dit qu'ils étaient les plus forts aujourd'hui, parce qu'ils étaient au pouvoir, mais que l'avenir me donnerait raison. Le rapport qu'ils s'apprêtaient à rendre les ridiculiserait aux yeux de l'histoire, au même titre que ces scientifiques de cour qui avaient soutenu en leur temps que la Terre était plate.

Avant qu'ils ne s'en aillent, je leur ai demandé de m'accorder une petite faveur. À défaut de me considérer comme normal, pouvaient-ils au moins intervenir pour autoriser Marianne à me rendre visite ? J'avais fait ma part en répondant à leurs questions, ils me devaient bien ça.

XXXII

Vous savez pourquoi il m'a choisi ? C'est parce que je ne crois pas en lui. Je ne suis pas comme ces athées ou, pire, ces agnostiques, qui l'appellent à la rescousse à la dernière minute, quand ça tourne à l'aigre.

S'il y a un truc qui m'énerve, ce sont les agnostiques. Des types qui ont le cul entre deux chaises. Ils ne se prononcent pas, ils sont juste incapables de prouver l'existence ou la non-existence de Dieu.

Ah, il est peinard l'agnostique ! Le fameux « sans opinion » qu'on trouve dans n'importe quel sondage, c'est lui. Si vous le poussez dans ses derniers retranchements jusqu'à ce qu'il lâche enfin quelque chose, il va finir par admettre du bout des lèvres que la vie a un sens, mais il ne peut pas vous dire lequel.

La vie a un sens ! La mienne, la vôtre, celle de Pol Pot et de Mandela. Le même sens, hein, sinon, ça n'aurait pas de sens ! Ajoutez-y les fourmis, les éléphants et le sticker qui traîne au fond de votre poche, il ne se trouve pas là pour rien, lui non plus. Tout cela fait partie d'une Architecture Globale avec un grand « A » et un grand « G ». Chacun des maillons que nous formons dans cette chaîne infinie y a sa place, dans une perspective qui nous échappe.

Voilà ce qu'il pense, l'agnostique… Et c'est moi le psychotique ?

Attention, il faut bien comprendre l'enjeu de cette affaire. S'il y avait un paradis ou un enfer, la mort se justifierait. Ce serait même un accomplissement.

Oui mais dans le cas contraire, c'est une véritable boucherie !

Vous voyez pourquoi je lui en veux, à l'agnostique. Il n'y croit pas mais comme il n'a rien de mieux en boutique, il fait comme si. Le croyant, au moins, il a sa croyance comme excuse. Il ne veut pas vous laisser en plan, alors il vous invite gentiment à suivre la flèche. Il vous envoie à l'abattoir, mais il pense que le boucher est sympa.

Toute cette affaire n'est qu'une gigantesque escroquerie, je vous le dis, il n'y a qu'à se référer au texte :

« Quiconque, soit par l'usage d'un faux nom ou d'une fausse qualité, soit par l'abus d'une qualité vraie, soit par l'emploi de manœuvres frauduleuses pour persuader quelqu'un d'un pouvoir ou d'un crédit imaginaire, ou pour faire naître l'espérance ou la crainte d'un succès, d'un accident ou de tout autre événement chimérique, aura escroqué la totalité ou une partie de la fortune d'autrui sera puni d'un emprisonnement de cinq ans… » Ce n'est pas de moi, c'est dans le Code pénal !

Vous voyez ? Je suis avocat, je suis bien placé pour savoir de quoi je parle. C'est un gros mensonge organisé. Un Père Noël pour les grands... Et vous êtes des milliards à lui écrire. Votre seul problème, c'est que vous n'êtes pas d'accord sur l'adresse.

Un sacré problème, quand on voit le degré de violence auquel ça vous mène ! Mais il n'y en a pas un qui soit prêt à laisser tomber son dogme, chacun s'accroche à ses reliques, ses lieux saints, ses parchemins. Trois religions monothéistes pour un seul dieu, ça fait désordre. Et puis c'est très mauvais pour la foi. Alors vous vous faites la guerre, c'est ce qui vous aide à y croire un peu plus, à pétocher un peu moins. Si vous y croyiez vraiment à votre bon Dieu, vous ne passeriez pas votre existence à affirmer la sienne. A-t-on besoin de réunir des montagnards dans un temple pour leur faire psalmodier que l'Everest est le plus haut sommet du monde ?

J'ai donc déposé plainte contre le pape, le Conseil français du culte musulman et le grand rabbin de France, pour escroquerie. Tous les ingrédients sont réunis : la fausse qualité, le pouvoir imaginaire, l'événement chimérique.

Vous imaginez un tribunal de la République française, laïque et obligatoire, leur dire « Maintenant ça suffit, remboursez ! » ? Pape, popes, rabbins, imams, condamnés en bleu, en blanc et en rouge... Avec un jugement pareil, on pourrait enfin passer aux choses sérieuses.

Au lieu de ça, j'ai reçu l'avis de classement sans suite la semaine suivante. Jamais une plainte n'a été classée aussi vite. Ça lui a brûlé les doigts, au procureur… L'infraction « n'est pas suffisamment caractérisée », qu'il me répond. Qu'est-ce qu'il lui faut ?

En France on a encore le droit de rire des religions, de caricaturer les papes, les rabbins et les grands muftis. Plus pour longtemps, si vous voulez mon avis… Mais osez vous en prendre à la mort, là, on vous enferme.

J'ai encore dû demander à Fanny d'interjeter appel. C'est dans la Constitution, chaque citoyen a droit à un second degré de juridiction. Pas moi !

Vous savez ce qu'ils ont fait ? Ils ont doublé ma dose de ziprasidone. Par voie intraveineuse, pour être sûrs que je n'en perde pas une goutte… Ça me file des vertiges, ça me ramollit comme de la semoule et ça m'a fait prendre cinq kilos en un mois. D'ailleurs, je suis sûr qu'ils ajoutent d'autres poisons dans leur produit. Impossible de me débrancher, ils me mettent la camisole à chaque injection.

Mes journées s'écoulent lentement dans la salle commune en compagnie des autres fous. Je dis ça, parce que si ça continue, je ne vais pas tarder à le devenir moi aussi. Ceux qui ne jouent pas au babyfoot sont scotchés devant la télé. Leur émission préférée, c'est une série de téléréalité. On y voit une bande de jeunes tatoués, botoxés et décérébrés des pieds à la tête, rassemblés dans une villa pour un concours de vulgarités. Si c'est ça, la réalité, j'aime mieux l'asile. Simon est le seul à ne pas regarder la télé. Le tatouage et le botox, ce n'est pas casher. Alors on discute dans le coin opposé de la salle commune. Il me conseille de me ranger, ou au moins de faire semblant, sans quoi ils vont me broyer. L'institution psychiatrique, c'est Goliath, et moi je ne suis pas David. Je lui demande pourquoi il ne s'applique pas le même précepte et ne renonce pas à prétendre avoir été violé.

— Moi c'est différent, je me suis réellement fait violer.

Hier, Marianne est venue me rendre visite avec Léon. Elle ne peut pas venir seule, parce que les relations sexuelles sont prohibées dans l'établissement. Alors elle a pris Léon comme chaperon. Comme il est handicapé, il a besoin d'un accompagnateur et personne n'ose lui faire d'histoires. D'autant que c'est une personnalité, Léon ! Il avait revêtu son costume de gala, celui du mariage. Il m'a regardé bizarrement, comme s'il ne me reconnaissait pas, puis il s'est fâché.

— Max, ils vont te tuer. Il faut te sortir d'ici d'urgence.

Il paraît que des pèlerins se massent par centaines devant son Ehpad. Ils prient sous sa fenêtre et il les bénit. Il se raconte qu'il accomplit des miracles. Il aurait déjà guéri une jeune femme atteinte de sclérose en plaques et un vieux paralytique, par sa simple apparition.

— Je ne sais pas quoi faire, je suis complètement dépassé par les événements. Ils se rassemblent sous ma fenêtre et ils m'appellent « père Léon ». Ils viennent du monde entier. Alors au bout d'un moment, je me sens obligé d'y aller et je leur adresse des signes. C'est ridicule, mais qu'est-ce que tu veux, ça leur fait du bien, et moi, ça ne me fait pas de mal… La semaine dernière, l'Ehpad m'a attribué une chambre au premier, avec balcon. Grâce à toute la pub qu'ils ont faite autour de moi, ils ont augmenté leurs tarifs, ces salauds, tu te rends compte ? Si ça continue, je vais bientôt circuler en papamobile !

À propos de pape, l'écho des prouesses de Léon est arrivé jusqu'au Vatican. Ils lui ont envoyé un nonce apostolique, Mgr Lucio Battisti Gentili, pour tâter le terrain. Le désormais fameux Ehpad de Limeil-Brévannes s'est paré pour l'occasion. Ils ont récuré l'établissement de fond en comble, rassemblé le personnel avec le staff de la direction au complet et sur leur trente et un, pour accueillir le dignitaire ecclésiastique. Les vieillards qui le désiraient, c'est-à-dire ceux qui le pouvaient, avaient été rassemblés dans la salle à manger pour écouter l'homélie et recevoir l'hostie des mains de l'évêque. À la fin de sa visite, Mgr Gentili a réussi à se ménager quelques minutes de tête-à-tête avec Léon.

— Et tu sais quoi, Max ? Il s'est jeté à mes pieds pour me demander la bénédiction !

Le vieillard désemparé a improvisé une courte liturgie à base de réminiscences de sa bar-mitsvah. En partant, le prélat l'a supplié de garder confidentiel cet épisode de leur rencontre.

Au moins, a-t-il conclu, depuis qu'il était devenu une star internationale, l'Ehpad le bichonnait. Il était soumis à une surveillance médicale constante et avait droit à des repas calibrés. On lui avait attribué un secrétariat particulier pour répondre au courrier abondant qu'il recevait tous les jours. Sa longévité constituait non seulement une attraction touristique, mais également un produit financier pour l'établissement. Ils sont allés jusqu'à lui faire signer un contrat les autorisant à fabriquer et à vendre des produits dérivés tels que des cartes postales et des figurines à son effigie.

Pendant que Léon me racontait ses aventures, Marianne parcourait la pièce dans son dos en adoptant des postures érotiques. Une jambe sur le dossier de la chaise du bureau, la jupe relevée, elle a défait du bout des doigts les lacets de sa bottine. Elle l'a portée à son visage pour en aspirer l'odeur, qu'elle a fait mine de souffler dans ma direction. Puis elle s'est dirigée vers la porte de la chambre d'où elle m'a offert une vue imprenable sur son cul. Après s'être assurée d'avoir capté mon attention à force de déhanchements, elle a fait demi-tour et entrepris d'extraire un sein de son bustier en me gratifiant d'une moue provocante.

Quand Léon en eut terminé avec son histoire, elle lui chuchota quelque chose à l'oreille tout en le faisant rouler jusqu'à la petite salle de bains attenante. Elle referma la porte derrière lui, puis revint vers moi, sa petite culotte à la main, et elle me la lança sur la tête.

J'esquissai un geste de protestation.

— Léon est d'accord, souffla-t-elle. Je l'ai prévenu, il attendra. On n'a pas fait l'amour depuis un mois, il faut que tu t'y remettes sinon tu vas rouiller. Et moi aussi d'ailleurs !

— Impossible, il y a des caméras partout.

— Je les emmerde avec leurs caméras… S'ils veulent se rincer l'œil, qu'ils y aillent !

Aussitôt, elle fit glisser sa robe, ne gardant que ses bas, une bottine et son bustier. Elle avait beau être entreprenante et désirable, je n'arrivais à rien. C'était, à l'évidence, un des effets de leurs traitements. Marianne tenta un dernier stratagème pour réveiller ma libido et satisfaire la sienne. Elle se mit à se masturber avec fougue, invectivant nos surveillants virtuels.

— Venez là, espèces de branleurs ! Montrez-vous si vous êtes des hommes… ou des femmes, je m'en fous. Je vais vous jouir à la gueule !

Son visage s'est contracté, puis elle a poussé un cri qu'on a dû entendre dans tout l'établissement, caméras ou pas.

— Mon pauvre Maxou, ça ne t'a même pas fait bander, soupira-t-elle après une rapide vérification. Je vais leur faire payer ça, je te le promets.

Elle s'est rhabillée à contrecœur, avant d'aller récupérer Léon qui semblait s'être assoupi dans la salle de bains. Elle s'est assise en face de moi, ses mains dans les miennes.

— Je ne les laisserai pas faire de toi un légume. Max, si la cour d'appel rejette notre recours, je vais organiser ton évasion. Tu sais, on a plein de soutiens à l'extérieur. S'il le faut, j'apprendrai à piloter un hélicoptère mais je vais te sortir de là, je te le promets.

XXXIII

La mort… Le mystère le mieux gardé au monde.

Dans les Évangiles, aucun des ressuscités n'en parle. Le fils de la veuve de Naïm, la fille de Jaïre, Lazare… pas un mot. Jésus ? Une tombe… J'imagine la tête de ses disciples quand ils le croisent dans le village d'Emmaüs. La dernière fois qu'ils l'ont vu, c'était cloué sur sa croix, au Golgotha, à une bonne trentaine de kilomètres de là. Le voici, trois jours plus tard, traînant dans une rue d'Emmaüs. Et qu'est-ce qu'il leur dit en les apercevant ? « Que la paix soit avec vous… recevez le Saint-Esprit… » Des banalités !

Voilà le fils d'une veuve, une fille, un père et même un dieu qui reviennent de l'au-delà, sans la moindre garantie de provenance. Et personne ne cherche à vérifier.

Que sait-on ? Que Jésus partage avec ses disciples un poisson rôti avec du miel. Ils nous donnent le menu, c'est sympa, mais sur la conversation autour de la table, rien.

Ils sont une dizaine à s'être retrouvés face à un proche, ressuscité. Je ne sais pas vous, mais moi, j'aurais posé la seule question qui vaille. C'est comment, la mort ?

Les évangélistes s'en foutent, ou alors ça ne leur a pas effleuré l'esprit. Soit tout ce petit monde n'était vraiment pas curieux, soit la réponse a été censurée. C'est comme s'ils nous avaient collé un carré blanc : « Interdit aux moins de 120 ans ».

Le problème avec la censure, c'est qu'elle produit l'effet inverse de celui qu'elle recherche. Souvenez-vous de la curiosité que vous inspiraient les films interdits aux moins de 18 ans quand vous étiez mineurs. Une fois qu'on a passé l'âge, ça ne présente plus d'intérêt.

Moi, je préfère faire confiance aux ressuscités. S'ils ne veulent pas en parler, c'est qu'ils doivent avoir de bonnes raisons. Comme les survivants d'Auschwitz.

Ou alors c'est un problème de vocabulaire. Peut-être n'y a-t-il pas de mots pour dire la mort. C'est d'ailleurs là que réside l'intérêt de l'art. Malheureusement, Lazare était un simple mendiant, Jésus, un guérisseur, et les deux autres ressuscités étaient tout juste des gosses. Pas le moindre artiste dans le tas. De toute façon, si vous voulez mon avis, même « Le Dormeur du val » de Rimbaud, le *Requiem* de Mozart ou *Le Cri* d'Edvard Munch n'en donnent qu'une pâle vision, de la mort.

Une chose est sûre : ça ne fait pas envie…

En parlant du « Dormeur », ils ont ajouté un somnifère dans mon cocktail. Au total, j'en suis à trois injections par jour. Combien de temps vont-ils encore me garder ici ? Tous mes recours ont été rejetés… ils étaient perdus d'avance. Il faut que je sois cinglé, ils n'ont pas le choix, si c'est pas moi le taré, c'est eux.

Je veux peut-être en finir avec la mort, mais je ne suis pas sûr d'y parvenir. Ma seule certitude, c'est que si personne ne prend cette affaire à bras-le-corps, on y passera tous.

À ma décharge, je suis marié, hétérosexuel et avocat. J'ai même un enfant. Tous les attributs de la normalité.

Qu'est-ce que ça change, après tout ? Vous savez quelle est l'incidence de la folie sur l'espérance de vie ? Pratiquement nulle !

D'après Santé publique France, l'âge moyen de décès chez les personnes atteintes de troubles psychiques est de 56 ans pour les hommes et 67 ans pour les femmes, soit très en deçà de l'espérance de vie normale. Jusque-là, le sain d'esprit se frotte les mains et remercie les cinglés, ils font remonter sa cote. Ce qu'il ignore, c'est que les dingues meurent surtout de suicide (11,1 % contre 1,3 %), ce qui constitue la cause première de la baisse de leur espérance de vie. Ils ne sont en revanche que 18 % à mourir de cancer (contre 31 % pour les gens normaux) et même la mortalité causée par les maladies cardio-vasculaires est légèrement inférieure chez les fous. Alors, question espérance de vie, fou ou pas, qu'est-ce qui est préférable ? Ce n'est pas clair.

Et quand bien même serais-je fou, était-ce une raison pour me séquestrer ?

Moi, je ne me suis pas pointé avec une histoire d'archange apparu dans une grotte, de buisson ardent, ni de royaume d'un autre monde. Je n'ai demandé à personne de manger mon corps, de se lamenter devant un vieux mur vermoulu, de tourner autour d'un cube géant, ni aucun autre truc farfelu de ce genre.

Il me semble avoir été clair et rationnel. J'ai annoncé une bonne nouvelle, une vraie : l'éternité a un prix. Mille milliards d'euros environ. D'accord, ce n'est pas donné. Oui, ça va générer quelques impôts supplémentaires. Mais c'est quand même une putain de bonne nouvelle !

Vous préférez mourir avec votre pognon ? Vous en ferez quoi dans son royaume qui n'est pas de ce monde ? Il vous a prévenu, il n'aime pas ça, l'argent. Y a peu de chances que votre plan épargne logement vous procure quelque avantage là-bas.

Vous me faites marrer. Vous dites que la vie n'a pas de prix, mais quand il faut passer à la caisse, il n'y a plus personne ! C'est pitoyable.

Vous n'avez pas l'air de comprendre les conséquences de ma mise à l'écart. C'est que vous allez élire un bon petit gestionnaire qui vous fera crever au tarif de gros.

C'est d'ailleurs le traitement qu'ils sont en train de m'administrer, dans une version accélérée. Je dors et je grossis. Hier, Simon m'a pris à part pendant que les autres étaient devant la télé. Il s'inquiète pour moi. Il en a parlé à l'infirmière en chef qui lui a répondu que c'était l'affaire du personnel soignant, pas la sienne.

— Fais gaffe, Max, ils sont en train de te débrancher, m'a-t-il chuchoté.

Simon a raison. Il faut me sortir d'ici, avant qu'ils ne m'achèvent. Mais comment faire ? Ils m'assomment à coups d'injections, je n'ai pas de plan d'évasion, je dors quatorze heures sur vingt-quatre et les dix heures restantes je suis tellement ramolli que j'arrive à peine à me traîner jusqu'à la cour de promenade.

Tout le monde m'est hostile dans l'établissement sauf Opportune, l'aide-soignante camerounaise. Avant, elle venait tous les soirs à 20 heures pour s'assurer que j'avais bien pris mes médicaments. Depuis qu'ils me les inoculent de force, sa visite n'est plus requise, mais elle passe quand même la tête par la porte pour me dire bonsoir.

Ce soir, en me voyant plus éteint que d'habitude, elle est restée quelques minutes dans la chambre.

— Tu te donnes tout ce mal pour rien, m'a-t-elle grondé à l'aide de son accent africain. Nous, les Mafa, on le sait qu'on ne meurt pas. Inutile de faire un tel ramdam pour ça. Quand tu meurs, ton ombre continue de vivre à ta place, comme avant.

Encore une croyance…, lui ai-je fait remarquer. Un peu plus poétique que les autres, mais une croyance quand même. La version africaine de la réincarnation.

Opportune a balayé cette objection d'un revers de la main :

— Pas du tout ! C'est une histoire vraie. La preuve, un jour un Blanc est venu à Koza, le village à deux pas du mien. Il a ouvert une tombe et tu sais ce qu'il a vu ? Des gens qui dansaient. Le chef du village lui a demandé de ne plus jamais faire ça, sinon tout le monde allait finir par penser qu'être mort c'est mieux qu'être en vie.

Je trouvais tout cela bien beau, mais je ne voulais pas être une ombre qui danse au fond d'un tombeau.

Elle haussa les épaules.

— Regarde-toi, tu es déjà une ombre qui végète dans un lit !

On a ri tous les deux. Une première depuis mon internement.

XXXIV

Elle m'a rendu visite au petit matin.

Elle est apparue à travers la fenêtre de ma chambre. Je l'ai tout de suite reconnue. Elle avait troqué son bandana contre de vrais cheveux, longs, roux et soyeux. Elle avait toujours son regard noisette, son nez aquilin, ce mélange de profondeur et de légèreté qui l'accompagnaient où qu'elle aille. Elle a traversé les barreaux pour venir s'asseoir au pied de mon lit. J'aurais voulu la prendre dans mes bras, mais elle m'a fait signe de ne pas l'approcher.

Elle paraissait insaisissable.

Sa voix n'avait pas changé mais elle était lointaine, comme si elle parlait derrière une porte. Pourtant, sa présence dégageait une forte chaleur, je l'ai ressentie physiquement.

Elle était venue me chercher.

S'il y avait une personne que je voulais rejoindre plus que n'importe qui au monde, c'était bien elle. Je le lui ai dit. Mais pas de ce côté-là. Elle ne pouvait pas me demander une chose pareille.

Elle le savait mieux que personne, j'avais pris la décision de ne pas mourir. Elle était irrévocable. Notre amour réciproque était né de cette résolution. Il s'est mué en un combat, que j'ai mené, pour elle, pour moi, et maintenant pour toute l'humanité.

— *Urbi et orbi ?* fit-elle, avec son air espiègle.

Je l'avais laissée pour morte il y a deux ans à l'hôpital de Ganges et ses premiers mots étaient pour me taquiner. C'était donc bien elle et non une hallucination.

Je ne savais pas si j'étais heureux ou désespéré. Je n'avais jamais cessé d'aimer Cathy, aujourd'hui plus que jamais. Malgré la quantité de poison que l'on m'avait inoculée, je la désirais de tout mon corps. Je venais seulement de m'apercevoir qu'elle était nue. Elle n'avait jamais été aussi belle. Les traces de son cancer avaient disparu. Ses seins se dressaient avec orgueil, sous mes yeux, comme deux aimants d'une force d'attraction irrésistible. Ulysse avait pris la précaution de s'attacher à son mât, moi, aucune. Personne n'était venu me prévenir, j'étais livré à moi-même. Comment allais-je faire pour résister ?

Je tentai la négociation.

Pourquoi ne serait-ce pas elle qui reviendrait de mon côté ? Elle avait déjà parcouru tant de chemin ! Si elle m'aimait, et sa présence en était la preuve, elle devait sauter le pas, je l'en suppliai.

Sa réponse fut glaçante :

— La vie, c'est la mort ! Je ne recommencerai pas.

J'insistai. Maintenant qu'elle était revenue, elle ne pouvait pas me laisser continuer sans elle.

— Tu as refait ta vie, Max. Ce n'est pas un reproche, au contraire, je regrette que tu te la sois gâchée. Ta femme méritait mieux que ça. Je ne reviendrai certainement pas ajouter à ses déboires.

Je cherchai encore à la convaincre. Marianne l'avait aimée à travers moi, sans la connaître. Elle avait porté son enfant. J'étais certain que Cathy l'apprécierait en retour et que nous pourrions vivre ensemble, en harmonie.

Si elle réapparaissait, là, maintenant, au vu et au su de tous, ma parole ferait autorité. Ils seraient obligés d'admettre leur erreur et de me libérer sur-le-champ. Nous serions libres et respectés, je remporterais les élections, j'obtiendrais les milliards nécessaires à l'avènement de la vie éternelle. Que pouvait-on espérer de plus ?

Comme elle ne répondait pas, je poursuivis.

Si je me reniais pour la suivre, que deviendrait Catianne, sa fille ? Ne désirait-elle pas faire sa connaissance ? Elle l'avait tant voulue. Ne serait-ce pas une issue aussi cruelle pour l'une que pour l'autre ?

J'ai senti sa détermination faiblir. Elle a esquissé un sourire. Son regard s'est adouci. Elle était sur le point de céder, j'en suis sûr, mais les deux infirmiers sont entrés brutalement, sans frapper, et Cathy s'est planquée dans la salle de bains.

C'était l'heure de la camisole et de la piqûre. Je me suis débattu plus que d'habitude. Ma femme était revenue, ai-je hurlé, preuve que je n'étais pas fou.

Il fallait arrêter le traitement d'urgence, appeler le directeur pour qu'ils constatent leur erreur.

— Il entend des voix, maintenant, a dit le piqueur à son collègue avec dédain.

Ils ont appelé le surveillant chef. J'étais agité. Il fallait me consigner dans ma chambre jusqu'à nouvel ordre, réactiver les caméras de surveillance, m'interdire le café et prévoir des visites de contrôle.

Il y eut des cris en provenance de l'autre bout du couloir. Sans doute Dédé qui piquait une crise. Ils quittèrent ma chambre dans la précipitation, me laissant enfin à nouveau seul avec Cathy.

J'ai titubé jusqu'à la salle de bains. Les minutes qui suivaient l'injection étaient épouvantables. C'était celles où les vertiges étaient le plus violents.

Elle n'y était plus… Pire que ça, la pièce s'était vidée de sa substance. Un vide abyssal. Une aspiration qui vous efface sans laisser la moindre trace.

Je ne me vois plus. Je me tiens face au miroir mais il ne reflète plus rien. C'est la panique. Je crie de toutes mes forces, pas un son ne sort, comme chez Munch.

Où suis-je ? Nulle part dans la pièce.

Je fouille partout, frénétiquement. Je soulève chaque objet qui pourrait me dissimuler. J'ouvre un placard, je me penche sous le lit, rien ! Je suis à deux doigts d'abandonner les recherches lorsque je me découvre enfin.

Je me suis caché à l'arrière de la Mercedes, côté conducteur. J'ai les yeux rivés sur le compteur. On roule à cent vingt kilomètres à l'heure. La radio diffuse *Douce France*, dont papa reprend le refrain à tue-tête. Maman est assise à l'avant, plongée dans son magazine. Elle est encore jeune. Elle rit parce qu'elle fait le test de l'été « Quelle amante êtes-vous ? » et qu'elle trouve ça con. Elle lit à haute voix, en gloussant : « Vous avez une majorité de "d" : votre libido est celle d'un bonobo. » Mon père lui chuchote quelque chose que je n'entends pas. Je ne les avais jamais vus ensemble d'aussi bonne humeur. Je demande ce que veut dire « libido ». Mon père me répond que je le saurai quand je serai grand. J'insiste mais ils rigolent entre eux sans me prêter attention. Vexé, je me recroqueville dans mon siège. Maman a abaissé le pare-soleil et sorti un bâton de rouge à lèvres de son sac. Elle annonce qu'elle va se refaire une beauté. J'ai dans la poche de mon pantalon le petit téléphone Nokia que mes parents viennent de m'offrir pour ma rentrée au collège. Je m'ennuie tout seul à l'arrière de cette voiture. J'hésite un peu avant d'appuyer sur la touche 1 puis sur la touche d'appel. Maman sera bien obligée de me répondre. En vibrant, son téléphone chute du tableau de bord quelque part sous les pieds du conducteur. Mon père se penche pour le ramasser. Il tâtonne et le portable lui échappe une première fois des mains. Je lui hurle « ATTENTION PAPA ! », mais il n'a pas le temps de réagir. Ma mère n'a rien vu. Notre voiture a dévié sur le bas-côté d'en face et se retourne.

C'est fini.

Suis-je mort tout à l'heure, à l'asile, ou sur la route, il y a trente ans ?

J'ai oublié de demander à Opportune ce qui arrive aux ombres, lorsque à leur tour elles disparaissent.

ÉPILOGUE

Ça me fait du bien d'être ici, après tout ce temps.

Chaque fois que je viens, je m'étonne de découvrir de nouvelles inscriptions. Ma préférée, c'est celle qui a été gravée par un anonyme juste sous son nom :

« Condamné pour abus de conscience ».

Voici vingt-cinq ans qu'il est mort, et les visiteurs continuent d'affluer. Si vous passez au Père-Lachaise à la 97e division, vous le trouverez au milieu des nombreuses petites lanternes qui jonchent le sol. Preuve d'une visite récente, l'une d'elles émet encore une flamme chancelante. La tombe elle-même est couverte de graffitis. Les incontournables cœurs, une date en exergue, ânonnant « Machine et Machin pour toujours », côtoient les vieux slogans des années de lutte. Il y en a qui se sont fendus un peu plus. Par exemple, en bas du côté gauche, quelqu'un a tracé un lapidaire « Là, c'est mort ! » Plus haut, entourant la stèle, un ruban proclame : « Pourvu que l'éternité ne dure pas trop longtemps… » Sur les rebords reposent quelques dessins, encadrés sous verre pour résister aux intempéries. L'un d'eux représente Max, en robe d'avocat, qui harangue la Faucheuse. Un autre le montre arrivant au paradis, un index pointé vers Dieu auquel il balance : « Toi, tu n'as rien à faire ici ! » Accolée à la stèle trône une statue en résine de Max, pieds et poings liés. Sur le socle, la légende *Don Quichotte entravé* est modestement signée : « Un admirateur ».

J'ai beau être habituée à toutes ces marques d'affection, j'en suis toujours aussi émue.

Je sais ce que tu me dirais. Tu me dirais : « Regarde le beau fémur que ça me fait ! »

Oui il est beau ton fémur, papa. Et toi aussi tu fus un bien bel homme, comme en témoignent les nombreuses vidéos qui te sont consacrées à l'INA. Quelle présence, quel charme tu dégageais !

Ils ne m'ont pas laissé le temps de conserver le moindre souvenir de toi. Quand j'étais petite, je fouillais les placards, en quête d'une trace, d'une odeur. Des vêtements t'ayant appartenu, maman n'a gardé que ta robe d'avocat soigneusement rangée dans une housse. Elle ne sentait plus rien si ce n'est le bouquet de lavande séchée destiné à lutter contre les mites. Tout ce que je savais de toi à l'époque, je le tenais d'elle. Combien de fois m'a-t-elle raconté tes exploits, je ne saurais le dire. C'était mes contes pour enfant à moi. Elle me les récitait avec emphase, des étoiles dans les yeux, et moi, assoiffée, je buvais ses paroles.

Tu sais, c'est dur d'avoir pour père un héros. On grandit avec un sentiment chronique de devoir inaccompli. J'ai toujours été une bonne élève. Accomplir son devoir, c'est quelque chose qui compte pour moi. Alors en bon petit soldat, je me suis inscrite en prépa biologie à Henri-IV. Tu croyais dans la science, il me fallait donc intégrer le meilleur cursus. Pour cela, je devais être la première de ma promotion. Je l'ai été. Je suis entrée à l'ENS avant d'être admise à Cambridge au MIT où je vais boucler ma thèse cette année. Mon sujet, c'est : « L'immortalité cellulaire existe-t-elle ? » Avec ça, inutile de recourir à un test ADN pour savoir que je suis bien la fille de mon père. Il ne me reste plus à faire que quelques retouches et compléter la bibliographie. Sur les 400 pages qu'elle contient, la moitié traite de la méduse *Turritopsis dohrnii*, un animal peu sympathique mais doté d'un processus de transdifférenciation. Grâce à lui, ses cellules peuvent se respécialiser afin de redémarrer un cycle de vie. Si aucun prédateur ne met fin à son existence, elle a vocation à vivre éternellement. Parmi les autres pistes intéressantes il y a l'oursin, car il possède des cellules souches multipotentes qui ont la capacité de s'autorenouveler.

Je comptais poursuivre mes recherches dans le laboratoire de scission embryonnaire du MIT, le numéro un dans le domaine du clonage. C'était mon premier espoir d'honorer la promesse que je m'étais faite de te sortir de là. Malheureusement, je ne suis pas une méduse. Je ne te servirai même pas de radeau.

J'ai de la peine à te le dire mais voilà, cette thèse, je ne la soutiendrai pas. Je suis rongée par un cancer du sein. Tu avais ainsi prédit avant ma naissance ce que maman avait mis sur le compte de ton incorrigible pessimisme. Je n'aurai vécu que vingt-sept ans, peut-être vingt-huit, alors qu'il m'en aurait fallu dix de plus pour espérer te redonner vie. Tu essaierais de me consoler en me disant que les médecins font souvent des erreurs de pronostic. Je t'imagine me soufflant d'aller m'asseoir sur une balançoire dans un parc et de n'en plus bouger au prétexte qu'il n'existe aucun décès répertorié sur une balançoire. Mais dans mon cas, il ne faut pas rêver. Pardon, papa, je ne serai pas ton sauveur.

Parvenir à faire publier tes Mémoires m'aura tout de même fait du bien. Au fond, tu étais un homme comme les autres. Tu ne voulais pas mourir, voilà tout. Qui prétendrait le contraire ? C'est juste que tu as élevé ton refus au rang de revendication, et ça, tu l'as payé de ta vie. Tu auras été un précurseur. Il est toujours dangereux d'avoir raison trop tôt, tu le savais bien. Un jour, après une période de latence, ton projet se réalisera. Ce sera trop tard pour nous. Dommage…

Quand elle a appris mon cancer, il y a deux ans, maman a appelé Clément. Il n'avait pas encore pris sa retraite. En bon parrain, il a remué ciel et terre. Il s'est défoncé pour me trouver une place au M. D. Anderson Cancer Center à Houston par l'intermédiaire du fils d'un collègue qui y avait décroché un poste en radiologie. La pointe mondiale de la recherche, et tout ça pour rien. Ils ont ressorti le dossier de Cathy, morte à 35 ans de la même maladie. Je vais faire mieux qu'elle. C'est ça aussi, le progrès générationnel.

Figure-toi que je n'ai pas encore trouvé le courage d'annoncer à mon petit copain que c'était fichu. Pour perpétuer la tradition, je lui ai donné rendez-vous au Wizz, le restaurant existe toujours. J'aurai un peu l'impression d'un remake de ton fameux repas avec Cathy. Je ne sais pas comment il va le prendre. Mal, certainement, il m'aime, le pauvre. J'ai fait sa connaissance il y a trois ans lors de la soutenance de mon mémoire de master. Je pense qu'il t'aurait plu, dommage que vous n'ayez pas eu la chance de vous rencontrer. Dan est devenu mon directeur de recherche à seulement 34 ans. Il vient d'une famille new-yorkaise de Brooklyn. Peut-être sera-t-il notre sauveur à tous, c'est lui qui suit mes travaux depuis le début. C'est un vrai génie. En plus il est juif, comme tout Messie qui se respecte.

Voilà, papa, tu sais presque tout. Avant de te quitter, il me reste quelques nouvelles à te donner.

Maman s'est installée dans le Massachusetts pour être à mes côtés. Elle est la hantise de mon cancérologue, qu'elle harcèle jour et nuit avec l'injonction de me guérir. Je me fais du souci pour elle, je suis devenue son unique raison de vivre. On n'a pas idée de mourir avec de telles responsabilités… J'aurais préféré qu'elle trouve quelqu'un pour te succéder. Bien sûr, tu es irremplaçable et j'aurais détesté ton successeur. N'empêche que je pense que cela lui aurait rendu ma mort moins difficile. Si tu savais comme je m'en veux de vous faire défaut !

Jérôme est sorti de prison. Fanny a obtenu sa liberté conditionnelle dix ans après sa condamnation pour l'incendie de l'UMD. Pendant sa détention, il s'est mis au yoga. À peine libéré, il est parti vivre à Bangalore, dans un ashram. Fanny a quitté la profession d'avocat après avoir perdu son procès pour homicide volontaire contre le directeur de l'UMD. Elle voulait à tout prix qu'il paie pour ce qu'ils t'ont fait. Elle a repris la mairie de Limeil-Brévannes en tant qu'adjointe de Jérôme. Depuis, elle a déjà remporté deux fois les élections municipales.

Léon s'est bien battu. Il a encore tenu dix ans et a accompli son rêve, devenir pour de vrai le doyen de l'humanité. J'étais présente le jour de la cérémonie d'investiture, il était joyeux comme un gosse. Fanny lui a remis les insignes de la Légion d'honneur dans la salle des fêtes de la mairie, pleine de monde venu de tous les continents. Il n'a parlé que de toi. Il a rappelé tous les moments que vous avez passés ensemble, depuis l'hôpital où vous aviez fait connaissance jusqu'à la visite qu'il t'a rendue à l'UMD. Je pense qu'il a pris quelques libertés avec la réalité mais je sais que tu ne lui en aurais pas voulu. Tu ne l'aimais pas beaucoup, la réalité.

Pour conclure, il s'est adressé à ses fans en leur jurant qu'il n'était pas un dieu et que, contrairement à ce qu'ils croyaient, il mourrait tôt ou tard. Était-ce pour tenir parole ? Il s'est éteint le surlendemain. La nouvelle doyenne de l'humanité est japonaise et n'a que 116 ans. Je l'ai entendue dans une interview l'autre jour, la pauvre est complètement gâteuse. Contrairement à Léon qui est resté lui-même jusqu'au bout. Tu sais ce qu'il a dit à l'infirmière de l'Ehpad juste avant de mourir ? Il lui a demandé si elle avait un message à transmettre en haut lieu.

Ce dont je suis le plus fière, c'est d'être parvenue à diffuser ton histoire.

C'est Opportune qui m'a remis ton manuscrit. Elle l'avait emporté chez elle avant l'incendie de l'UMD de Villejuif, craignant de le voir détruit par la censure. Elle aussi m'a beaucoup parlé de toi : encore une que tu auras séduite ! Quand on connaît les circonstances, quel exploit ! Elle a insisté pour que je te passe le bonjour, elle te promet de venir danser un jour avec toi, sous ta tombe.

Avant de retourner aux États-Unis, je dois me rendre à la maison d'édition pour les dernières corrections et la mise en place de la campagne de promotion de ton livre. Ils prennent des risques en publiant tes Mémoires. La plupart des protagonistes sont toujours en vie, il se peut que certains n'en apprécient que modérément le contenu. Après tout, s'ils veulent te poursuivre en diffamation, ils n'ont qu'à aller te chercher là où tu es !

Voilà, papa, comment ton histoire sera passée à la postérité. On en fera peut-être un film ou même un opéra, elle le mérite.

C'est très en deçà de ce à quoi tu aspirais, mais c'est toujours ça de pris sur l'éternité.

Fin

Cet ouvrage a été mis en pages par

<pixellence>

N° d'édition : 633262-0
Dépôt légal : avril 2025
Achevé d'imprimer en janvier 2025 en Espagne par Liberdúplex